金芝

新力量

马拉 作品

陕西新华出版传媒集团
太白文艺出版社

图书在版编目（CIP）数据

金芝 / 马拉著. — 西安 ：太白文艺出版社，
2016.6
ISBN 978-7-5513-0947-9

Ⅰ. ①金… Ⅱ. ①马… Ⅲ. ①长篇小说—中国—当代
Ⅳ. ①I247.5

中国版本图书馆CIP数据核字（2016）第069057号

金 芝
JINZHI

作　　者	马　拉
策划编辑	周瑄璞
责任编辑	申亚妮　刘　宇
整体设计	弋　舟
出版发行	陕西新华出版传媒集团 太 白 文 艺 出 版 社 （西安北大街147号 710003） 太白文艺出版社发行：029-87277748 tbwytougao@163.com
经　　销	陕西新华发行集团
印　　刷	西安市建明工贸有限责任公司
开　　本	787mm×1092mm　1/32
字　　数	127千字
印　　张	6.5
版　　次	2016年6月第1版 第1次印刷
书　　号	ISBN 978-7-5513-0947-9
定　　价	26.00元

那天的天空特别蓝，蓝得不近情理。金芝看着丹尼，她喜欢那张脸，还有他说话的语调。金芝突然抓住丹尼的手说，丹尼你带我走吧，离开这里，我不想嫁人，我不想打仗，我怕。丹尼一只手握住金芝的手，另一只手伸过去抱住金芝的肩膀，金芝的身体在发抖。丹尼说，金芝，我很想帮你，但我不能带你走，我不能在这个时候离开中国。如果你需要的话，我可以去跟你父亲谈，我告诉他我喜欢你，我要娶你。金芝从丹尼怀里坐了起来说，没用的，他不会同意的。金芝擦了擦眼泪说，丹尼，我和你开玩笑的，我不会离开江城的。

说完，金芝从口袋里掏出丹尼送给她的十字架说，丹尼，这个还给你，我不信主，主救不了我，你也救不了我。我不信了。金芝站起来往外走，丹尼喊，金芝，你别走。金芝头也没回，她想回到家里去，即使死，她也要死在家里。

江城的大水退了，坏消息一个接一个传来，日本人闹得人心惶惶，街道上满目荒凉，日本人占领了东北，米价飞涨，工人失业，江边不少店铺都关门了，有钱人拖家带口跑到了香港。金芝家住江上，出门，穿过几条巷子，爬过江堤，就是长江，江面上停满了船，

那天晚上，我喝了好多酒。陪我的有老谭、老丁和老余。我们几个是哥们儿，这是自然的。如果不是哥们儿，我们不会隔三岔五地在一起喝酒。几个大男人，有事没事聚在一起喝酒，除开无聊，只能说这几个人的生活非常无趣，找不到更多的乐子。事实也是如此，我们都无聊，非常无聊。从表面上看，我们应该过得非常充实才对，遗憾的是，我们确实过得不充实，以致只能坐在一起没完没了地喝酒。

喝完酒，我们都不想去唱歌。以前，几乎每次喝完酒，我们都会去唱歌，这么多年我们就是这么过来的。昏天黑地的日子，从天亮喝到天黑，从天黑唱到凌晨，然后各自歪歪斜斜地回家。但那天晚上很奇怪，我们都不想唱歌。老谭说，找个地方喝喝茶，聊聊天吧。这个建议得到了响应。老余开着车带我们去茶庄。我还记得那天是周末，街上到处都是人。已经是夏天了，姑娘们都穿上了漂亮的裙子，露出白花花的诱人的肉。路边的榕树叶子上泛着黄色的光，路灯总是昏暗，略显暧昧。老余本来想带我们去一个熟悉的茶庄，车开到了，上去一问，没位子了。碰了几次壁。老余说，要不去我家吧，我还有几饼老普。老谭说，不太方便吧？老余看着后视镜准备掉头，说，没事，我老婆孩子都不在家，旅游去了。老余这么说，我们便答应了。

我和他们几个认识快十年了，他们家却没有去过。南方和北方不太一样。在北方，成了朋友，过年过节是要去家里走动走动的，以示亲热。南方不同，再好的朋友，很可能连家人都没见过，更不要说去家里走动了。老余开着车，把我们带到一个熟悉的小区前。这个小区，我们平时上班下班，出去吃饭，经过了无数次，都知道老余住这儿，却从来没想过进去看看。开门，进电梯，再开门，我们到了老余家里。老余打开灯说，你们随便坐，我先洗把脸，有点晕。老余去了洗手间，接着我们听到了水声，又听到老余干呕了几声。

站在老余家的客厅，我们几个真的感觉有点累了。喝了几个小时的酒，我们的脸上还散发着热气，浓烈的酒精味在老余家的客厅散了开来。老丁皱了皱眉头说，操你妈的，你们几个喝得太多了，熏得老子都想吐了。老丁平时很少喝酒，多半跟我们一起才喝两杯啤酒，他说他酒精过敏。刚开始，我们都不信，这个社会，哪个做生意的不喝酒，老丁做生意多年，生意做得还挺大，他不喝酒，那生意怎么做？

第一次和我们喝酒，老丁没喝。那时候，我们还不熟，也懒得劝他喝酒。一个和我们一点关系都没有的人，敬他酒他不喝，我们为什么还要敬他呢？后来，我们熟了，他再不喝，有些说不过去了。头几次，他小口小口地抿着啤酒，看得我们心里发毛。问他，说酒精过敏。是不是真的过敏，那会儿，我们也不知道，心里感觉隐隐不爽。即使吃完饭，我们都喝高了，只剩下老丁埋单，收拾残局，我们心里还是不爽，他凭什么不喝酒呢？我们都喝那么多了。

再后来，有一次，我们都喝大了，耍酒疯，说什么也要老丁喝。我们拿着杯子，摇摇晃晃的，威胁老丁说，老丁，你要是不喝，以后别跟我们一起混了，我们一刀两断。还说是哥们儿，是兄弟，连个酒都不肯喝，兄弟个屁。说完，老谭摆了一杯白酒在老丁面前，小口杯，大概有二两半。老丁一看我们的架势，脸都白了，说，你们别逼我，我真不能喝。老谭坐在凳子上瞪着老丁，老余一边抽烟，一边斜着眼睛看着老丁。我呢，笑嘻嘻地说，老丁，喝嘛，不就一杯酒嘛，喝了还能死啊？别说了，什么都别说了，都在酒里面。

老丁的身体开始发抖，抖了一会儿，老丁拿起包，看准了门口，想往外跑。老谭跳过去堵在门口，扯着老丁胳膊说，老丁，今天不喝这个酒，你跑不了。我们都笑了起来，端起杯子想往老丁嘴里灌。老丁挣脱出来说，疯了，我操，你们几个傻屌都疯了。我们笑得更大声了。老丁拿起酒杯，咬了咬牙说，老子喝了，记得送我上医院。说完，一口倒进了嘴里。

喝完酒，老丁坐在椅子上，晃了一下，又晃了一下。然后，努力坐正。老谭拍了拍老丁的肩膀说，没事嘛，这不是没事嘛，谁说你不能喝嘛。我们几个转过身，接着喝酒。我们才喝了两杯，听到身后“咚”的一声，回头一看，老丁倒在了地上，椅子跟他一起倒了，砸在他背上。我们几个都慌了，赶紧拉起老丁，老丁的衣服从裤子里脱了出来，我们往他身上看了一眼，吓坏了，他身上肿起一块块的红斑，像一个个红色的小馒头。再看看老丁，他连睁眼的力气也没有了。我们慌忙把老丁送到医院，等他醒过来，天都亮了。看到我们，老丁说的第一句话是，我说了我不能喝，你们还不信，现在信了吧？我们都低下了头，有些不好意思。老丁骂了句，你们这帮狗日的，心太狠了。从那以后，老丁和我们在一起就不用喝酒了，除非他自己主动要求喝两杯啤酒。

老丁走到客厅边上，把门推开，有风吹了进来，感觉舒服了一些。我们坐在老余家的沙发上发呆，默默地抽烟。有几分钟，大家都没有说话，也许是累了。老余洗完脸，走出来说，你们先坐会儿，抽根烟，我去烧水。我们看了看老余家里，摆的都是仿古的红木家具，茶几上的茶盘也是红木的。老余平时喜欢玩玩收藏，主要收藏老家具，也玩石头。他家里有几块鸡血石，据说还是冻石，号称鸡血冻。我们都不懂石头，时常拿这个跟老余开玩笑，说你那要真是鸡血冻，怕是要值几百万。把它卖了，买个别墅养个小蜜多好。放在那儿吃不能吃，喝不能喝，浪费了。老余就笑，说，你们几个也就吃吃喝喝的出息，石头是有灵性的，几千万年，上亿年才能出那么块石头。你想一想，上亿年的历史，握在你手上，那感觉，那玩味，你们体会不了。我们确实也体味不了。去老余家之前，我们只听说他藏了好石头，都没看过，到了他家里，我们想看看，老余不肯，说就你们几个，糟蹋了我的石头。

茶盘上放着一套茶具，老丁拿起茶壶看了看说，这壶不错。老谭瞄了一眼说，看不出来。老余拿着水壶过来，插上插头，坐在我们对面说，喝点什么？老普还是铁观音？没等我们回答，老余自己说，喝老普吧，我这儿有几饼不错的老普。茶泡上了，我们的话反而少了。坐在老余家里，我们都感觉像是客人，有些不知道说什么好。老丁指着茶壶问，这壶得不少钱吧？老余一边倒茶一边说，不知道，朋友送的，没问。老丁没再说什么，点了根烟。老谭喝了口茶，咂了咂说，没味道。我也感觉没什么味道，非常淡，和白开水差不多。老余笑了笑说，我说了是老普嘛，很多年了，是这样的。老丁喝了一口，朝老余笑了笑说，老余，你很腐败嘛，这茶不是你买的吧？老余也笑了笑。老谭看了看老丁说，啥意思？老丁喝了口茶说，这茶市面上有钱也买不着，百年老普。

喝了一会儿茶，扯了一会儿闲话。大家都清醒了些，一清醒，更没话说了。平时，我们在一起喝大酒，聊天，各种各样的八卦，什么都说，就是不说正事儿。坐了一会儿，老余说，我给你们讲个故事吧。那好吧，实在没什么好说的，那就讲故事吧。几个不想唱歌的老男人，坐在一块儿讲故事，这场景想想都挺好玩的。老余讲完了，老丁讲，老丁讲完了老谭讲。老谭讲完，轮到我了。我喝了口茶，想了想说，我没什么好讲的。他们不依，说我们都讲了，你不讲不行。老余他们讲的故事我一听就明白了，他们讲的是他们自己。我不想讲我自己，那就讲点别的。

我说，我这个故事很长，恐怕要讲到明天早上。老余说，明天早上就明天早上，反正明天星期六，也不上班。老丁和老谭也跟着起哄说，你讲嘛，要是讲不到明天早上，你要请我们喝酒。我说，那没问题。老余，你把水烧上。你家里有东西吃没？光听故事怕你们饿。老余说，放心，我负责做好后勤工作。

那我就开始讲了。

第一个故事

白日梦

每个故事都有一个主角。

我这个故事当然也不例外，我要讲的是一个女人，名字叫金芝。一听到这个名字，你们都能猜到这是个老年人。现在的年轻人，没叫这种名字的。金芝活了八十多岁，要是再撑几年，就过九十了。具体多少岁，我也搞不清楚，反正差不多这个样子。

话说金芝过了八十几岁生日没多久，有天早上起床，突然对孙女说，我要死了，玉皇大帝昨天晚上托梦给我了，说我该回去了。孙女看了金芝一眼，说，奶，你没事吧？大清早的胡说八道么事呢。金芝没理会孙女，望了望天说，我的阳寿到了，玉皇大帝要我回去。孙女笑了起来，说，奶，你每逢初一、十五都敬菩萨，玉皇大帝舍不得收你。金芝对孙女摆了摆手说，你莫乱说，莫不敬菩萨。

大概四五月的样子，天有些热，桑树叶子长到了掌心那么大。金芝家的院子里有一棵槐树，正是槐花开放的季节，满院子的香味。金芝坐在槐树下面，一抬头能看到一串串白色的槐花。风把槐花的香味送到金芝的鼻子里，金芝闻到了。闻到了香味，金芝更确信她是要死了。她的鼻子已经好些年闻不到味道了。再看看满树的槐花，金芝觉得它们和哭丧棒简直一模一样。金芝栽这棵槐树是好多年前了，那会儿，还是棵小树苗，两人高的样子。现在，一个人都抱不过来了。

吃过早饭，金芝搬了几个凳子到院子里。孙女看着金芝说，奶，你搬这么多凳子到院子搞么事？又没得人来。“搞么事”是我们那边的方言，“干什么”“干吗”的意思。“么事”相当于“什么”。金芝瞪了孙女一眼，说，要你多嘴。孙女懒得管金芝的闲事，说，奶，那我出去了。等孙女出去了，金芝烧了壶水，泡了壶茶。她等人到她院子里来。金芝家住在镇子上，平时来往的人也不多，只有几个平时关系好的老头老太太，都是闲得没事的，过来走动一下。以前，他们来得还勤一些，现在年纪都大了，走动一下也不方便，来得慢慢少了。镇子上的老人跟金芝差不多上下的，是一年比一年少了。

金芝泡好茶，有人来了。看到有人来，金芝连忙给人倒了杯茶，说，你老好啊！来人笑起来，看着金芝说，金奶，你莫忙，我来跟你谋个东西。金芝说，先坐到喝杯茶。来人说，不喝茶了，跟你老谋个东西。金芝说，你喝杯茶，听我说会儿话。来人只得坐下，一边喝茶一边问，金奶，你要跟我说么事？金芝看了看来人，喜气洋洋地说，我跟你说，我阳寿到了，玉皇大帝托梦给我了，要我回去。来人就笑，金奶，你莫开玩笑，你老健旺得很，你老要做百岁寿星。金芝说，做不了了，我没几天空了。我给你讲，哪个都要死，我不怕死。来人放下茶杯说，金奶，我还有事，你老先忙。说完，便走了，连要借的东西都不借了。金芝收拾好茶杯，把来人没喝完的茶倒进洗手盘，又坐在了槐树底下。

那天来了好几个人，金芝都跟他们说，她阳寿到了，玉皇大帝要收她回去。听的人没一个信的。这也难怪。金芝年轻时身体不大好，到老了，反而好起来。头不晕，眼不花，腿脚一点毛病都没有。八十多岁的人了，看起来还不到七十岁。每天还帮着家里做家务，做饭、喂猪样样都能。身体好，一点病痛都没有，她说她阳寿到了，也难怪没人信。

一连好几天，金芝都泡好茶，坐在槐树下等人来，有人来，她就跟人讲，她阳寿到了。一开始，没人听她讲。她说得多了，有人问，金奶，你说这个想搞么事呢？金芝说，我不想搞么事，我要让你们晓得，我快死了，有些话想对你们说。人说，那你说撒！金芝给人斟上茶说，其实也没么事，我就想说，镇上哪个对我好，哪个对我不好，我心里都晓得。你们放心，不管是对我好的，还是对我不好的，等我死了，我都不得咒他，各人有各人的报应，各人有各人的福分，我不得做害人的事。人说，金奶，你莫说得吓人，镇上哪个对你不好？个个都晓得你老是个好人，一辈子慈善。听人说完，金芝说，我这一生，有好多事，你们晓得，有好多事你们不晓得，我要讲给你们听，让你们记得我金奶没做过亏心事。

听说了金芝阳寿要到了的事情，镇上剩下的几个老头老太太也来了。见了他们，金芝说，我的事，你们几个晓得最多，我讲给你们听，你们做个评判。老头老太太说，好，你讲，我们听。金芝一连讲了四天，到了第四天傍晚，金芝讲完了。金芝说，我讲完了，你们也听累了，都回去歇着吧。等人都走了，金芝把凳子收进屋，杯子洗好放到碗柜里。吃过晚饭，金芝睡了。临睡前，金芝又闻到了槐花的香味，她想，她的阳寿是真的到了，该交代的事情都交代完了。

第二天清早，金芝比平时起得晚一些。人老了，没什么瞌睡，一般五六点就起床了。金芝那天七点才起的床。洗漱完毕，金芝把平时很少戴的金手镯戴上了，还穿上了最喜欢的对襟小褂子。走到院子，金芝看到孙女搭了个梯子，站在树上剪槐花，地上的簸箕里晾了几串槐花。金芝喊了孙女一声，你搞么事？孙女朝下看了看金芝说，奶，我剪点槐花，晒干了泡茶喝，香得很，你老不是喜欢喝槐花茶吗？我给你老晒点儿。金芝朝孙女摆了摆手说，莫剪了，你下来。孙女从树上下来，手里还提着两串槐花，说，奶，你有么事？金芝说，你晚上听到狗叫没？孙女说，听到了，叫了一晚上，觉都睡不着。金芝说，我的魂魄晚上出去了，魂魄出去认路，狗都看到了。孙女说，奶，你莫说了，说了好些天了，吓死人。说完，孙女看了看金芝说，奶，你要出去？金芝说，我不出去，我有点累了。孙女说，那你吃点饭，回去睡一下。金芝说，不吃了，不饿。说完，转身进了屋。

等金芝进了屋，孙女又爬到槐树上去剪槐花。奶喜欢喝槐花茶，每年槐花开了，孙女都会给金芝晒一些，留到秋天，和着桂花一起泡，清香、淡雅，还带一点甜。摘了槐花，大半个上午过去了，院子里晒了几簸箕。孙女做了午饭，去里屋喊金芝起来吃饭，奶没吃早饭，孙女想叫金芝起来，早点吃午饭，奶老了，不能饿。进了屋，孙女喊，奶，起来吃饭了。金芝没动。孙女又喊了声，奶，起来吃饭了。金芝还是没动。孙女走过来，拉了拉金芝的手说，奶，吃饭了！金芝还是没动。孙女看了看金芝，心里一紧，又摸了摸金芝的手，有点凉。孙女把手哆嗦着放到金芝的鼻翼，金芝已经没气了。孙女“哇”的一声哭出来，叫了声“奶，你莫吓我——”

金芝死了的消息，一下子传遍了镇子，镇上的人都来看热闹。金芝躺在床上，表情安详，像是睡着了那样。镇上的老头老太太想起前几天金芝说的话，都说金芝有灵性，走得也安逸，没吃苦。人到了这个年龄，死了算是喜丧。儿子孙子都回来了，披麻戴孝，也哭。有人说，金奶死得突然，明晓得要死了，也不交代几句，搞得死了身边连个人都没得。有人不同意，说，哪个说金奶没交代，金奶临终前讲了几天，都讲清楚了。

故事讲到这儿，老谭突然插话说，老马，你讲的是什么故事，还没开头就死人，我天天见死人，烦都烦死了。晚上吃个饭喝个酒，听你讲个故事，还是讲死人，我还不如回去睡觉算了。老谭在殡仪馆上班，天天见死人，也难怪他不爱听这个。我停下来喝了口茶，说，老谭，你别急，好故事慢慢讲，你火急火燎的，那还不如去看故事会，那个快，一会儿就没了。刚才讲到金芝没病没痛，无疾而终，人都说她福命好。人大不过命，一生该吃多少饭，喝多少酒，那都有个定数，用完了就没了。老余端着茶杯说，老马，你说金芝死之前狗叫了一夜，这种事情我也经历过。我记得我爷爷死的那天，月亮把地面照得惨白惨白的，村里的狗叫了一夜。后来听村里的老人说，那是魂魄出窍了，魂魄这个东西，火眼高的人看不到，火眼低的才能看得到，有些人经常撞鬼，有些人撞不到鬼，就是这个道理，狗火眼低。老丁说，老马，你说金芝死之前知道自己要死了，有点邪气。接着讲，接着讲。

其实金芝此前还死过一次。我喝了口茶，慢悠悠地说。茶水泡开了，隐隐有点涩味，看起来颜色稍微深了一点，拿起来像一杯陈年的白酒。老丁放下茶杯说，不会吧，人还能死两次？那次是假死，我说。假死的人很多的，老谭在殡仪馆，你应该听说过。古代经常有人说诈尸，说的就是假死。假死的原因很多，有些东西科学说不清楚，没什么道理。我在报纸上还看到过新闻，说有人假死之后，有特异功能，眼睛能透视。有人被雷击之后，死了又活了，结果成了艺术家。这种事儿其实算不得奇闻，世界之大，无奇不有。金芝假死那次，说起来也没人信。

那是在金芝真死之前二十年。死之前，金芝病了几个月，人瘦得不成样子，风一吹衣服都飘了起来。几个儿子都很担心，成天守在金芝身边，生怕金芝哪天死了。那个时候，镇子还很穷。条件好点的老人，死之前早把寿枋、寿衣准备好了，为着给儿女减轻负担。金芝家那会儿条件还不好，再说，她也没想到她会那么早死，也就没准备寿枋、寿衣。人躺在床上，这个时候再去买，又显得不好，好像巴不得老人死似的。金芝昏迷了几天，一直没断气。

有天早上，金芝突然从床上坐了起来，对儿媳妇说，你帮我梳洗梳洗。金芝说话的样子像没事一样，人也精神。儿媳妇看到金芝的样子，反而紧张起来。她听说过回光返照，说是快死的人，突然清醒了，那是真的要死了。儿媳妇赶紧给金芝打了盆水，帮金芝擦脸、擦身，又洗了脚。金芝看了看儿媳妇，说，到我屋里这么多年，苦了你了。一听金芝这话，儿媳妇一下子哭了，说，娘，你别这么说，我听了心里过不得。金芝伸出手来，捏了捏儿媳妇的手，慢慢地又躺到了床上。她看了看房间，眼睛落在院子里的槐树上，又从槐树上移到屋里。

屋里有些暗，阴天。金芝的目光从柜子上移到梳妆台，又从梳妆台挪到床边。屋里摆设的都是老家具，厚重的木头，用得久了，有些发黑。这些家具都陪了金芝好些年了。金芝似乎有些不舍，又有些疲倦。儿媳妇把手盖在金芝的手上说，娘，要不要叫他们进来？儿媳妇说的是儿子和孙子他们。金芝摆了摆手说，我话都说完了，没话说了。你跟老大说声，叫他给他舅爷发个电报，我死了，他们要来给我送葬。儿媳妇赶紧跑出去，找到老大，把金芝的话说了，儿媳妇说，娘怕是不行了。

等他们回到屋里，金芝的眼睛已经闭上了。儿子和儿媳妇都哭了起来，哭了几声，赶紧出去忙别的事情。金芝死了，她有三个儿子，再穷，也得把金芝好好埋了。老大跑到镇上发电报，老二去买寿枋，老三张罗屋里的事。三个儿媳妇坐在房间里哭，哭一会儿出去忙活一阵子，忙完了再进来哭。镇上的葬礼是很麻烦的，尤其是像金芝家这样的大家族，光是通知亲戚就得不少人。屋里屋外忙成一团，乱成一锅粥。

过了好大一会儿，才有人想起来，还没烧落气钱。落气钱是镇上的一个风俗，我不知道别的地方有没有，镇上是很兴的，说是没烧落气钱，魂魄上不了路，只能化成野鬼，那是要害人的。一想到没烧落气钱，屋里的人又忙了起来，到处去找纸钱。好不容易找到了纸钱，赶紧拿了一个脸盆，在金芝床前点着了。烧完落气钱，天已经快黑了。出去的人陆续都回来了。来了不少亲戚，男的哭几声，移步坐到院子里聊天，院子里摆开了几张桌子，上面有茶水，还有些花生瓜子。女的哭完了按习俗守在金芝边上，搀着金芝的儿媳妇。金芝没女儿，哭丧的事只能让儿媳妇代。

忙到半夜，寿枋抬回来了，摆在院子里。金芝房里坐着一帮女人，她们哭了大半天，都累了，一个个无精打采地坐在那里发呆，也没说话。守夜的男人都在堂屋，偶尔说几句话。堂屋也没几个人，其他的人都睡了。屋里点的是煤油灯，隔上一会儿要打一次灯花，拨一次捻子。半夜里，有人说，我要喝水。说的人声音很低，听到的人也没吭声，喝水就喝水，去水缸里舀，还等别个伺候你不成？过了一会儿，又是一声，我要喝水。屋里的人把头抬了起来，看了看，也不晓得哪个要喝水。又是一声，我要喝水。声音是从金芝床上传来的，儿媳妇朝金芝床上看了一眼，金芝躺在床上没动。儿媳妇看了四周一眼说，哪个要喝水，要喝水自己去舀嘛。人都醒了，说，我没说，我没说要喝水，我没说。这时，床上又传来一声，我要喝水。儿媳妇一下子从凳子上跳了起来，接着，扑通一声跪到地上哭了起来说，娘啊，你莫吓我，我给你烧了落气钱，我烧了落气钱。金芝的声音从床上传过来，你给我倒点水。儿媳妇头皮麻了，从地上爬起来，赶紧往外跑，一边跑一边喊，娘说要喝水，娘说要喝水。

堂屋里的男人一听，瞌睡全没了，盯着她说，你说么事？哪个要喝水？我娘，我娘醒了。堂屋的男人赶紧跑到金芝房里，女人都还跪在地上，身上索索发抖。男人们大着胆子，举着油灯凑到金芝面前，他们看到金芝眼睛睁开了。金芝看着他们说，我要喝水。

第二天早上，金芝喝了碗粥，靠在床上，看着儿子和儿媳妇说，我去了阎王爷那里，阎王爷说我还有二十年的寿。你们莫怕，阎王爷给了我这个寿，我一时半会儿死不了。阎王爷说了，我还有几个孙子孙女没带大，等他们大了，我才能死，现在死不得。说完，金芝望着院子里的槐树说，太阳出来了，你舅爷他们也快到了。金芝双手搭在胸口说，我昨天回去了，回江城了。江城现在好大，我都找不到屋。我到你舅爷屋里，他屋里没得人，我从窗子边上看到里头，有个绿罩子罩着没吃完的菜，还有两根黄瓜。我走得脚都疼了，起了两个大水泡。说完，金芝对儿媳妇说，你去拿个针来，把我脚上的水泡挑了。儿媳妇说，娘，你莫瞎说，我昨儿给你洗了脚，你脚好得很。金芝说，你莫不信我，你把我袜子脱了，要是没得水泡，我不得要你挑。儿媳妇只得把金芝的袜子脱了，儿媳妇的眼睛瞪得比牛眼还大，金芝的脚上真有两个水泡，一只脚一个，有鸽子蛋那么大。看到儿媳妇的表情，金芝说，你愣到那搞么事，去拿个针帮我挑了。一会儿，你舅他们就要来了，我要下床陪他们坐一会儿。

给金芝挑完水泡，儿媳妇没半夜那么怕了，她偷偷摸了摸金芝的脚，是热的，和她身上的温度差不多。挑完水泡，儿媳妇问，娘，那你还去哪儿了？金芝说，只那半天工夫，去了趟江城我都累死了，还去得了别的？说完，金芝把儿子喊过来说，寿枋我看到了，你们花了不少钱，你们有这个心，我也安逸。我跟你说，寿枋里头靠前有个钉没打好，还有半截在外头，要是躺到里头，怕碰了头。

听金芝说完，儿子赶紧去了院子，叫了几个人把寿枋盖打开，一看，果然有个钉子是没钉好。儿子赶紧找了个锤子把钉子钉了进去。等儿子钉好钉子，两个舅爷来了。儿子赶紧迎过去，一看到外甥，舅爷放声哭了起来。儿子拉住舅爷说，你们莫哭，莫哭，我娘还没死。话刚说完，听到金芝说，你们两个来了。金芝站在门口，一只手扶着门框说，要是我不死，你们怕是舍不得来看我。等金芝进了屋，儿子把金芝刚才说的话讲了一遍，两个舅爷说，屋里是有两根黄瓜，接到电报我们急急忙忙往这里赶，桌子都没收，拿个罩子罩了一下就出门了。儿子问，罩子是绿色的吗？舅爷瞪着儿子说，你么晓得？

讲到这儿，老谭说，老马，你越讲越邪乎了，这还变成神仙了？

我说，这还不算神的，神的还在后头。老余打断老谭说，老谭，你莫插嘴，让老马讲。

金芝醒过来之后，镇上的人都来问金芝，金芝，你说阎王爷又给了你二十年的寿，那你跟我们说，阎王爷长什么样子，是不是跟画上的一样？一听这话，金芝扭过头就走，她懒得说。碰到会说话的，金芝偶尔会跟人说，阎王爷其实跟我们人差不多。有人又问，阴间是什么样子？金芝连连摆手说，这个不能说，阎王爷交代了，不能说。

活过来之后，金芝的身体变好了，人也慢慢胖起来，不像以前瘦得像个竹竿。要是没事，金芝搬个凳子，坐在槐树下面，有人来，跟人说几句话，没人来，她也不急躁，坐在那里，眼神像是空的，似乎看着什么，又似乎什么都没看。

金芝活过来后的事情，镇上的人都知道了。

那些年，镇上很不太平，经常有人非命死。传得最吓人的是驼子的老婆。那个女人性子烈，跳湖死的。有人说驼子跟供销社的一个女的搞上了，天天回屋里打女人。女人气不过，说，你莫整天打我，你再打我，我跳湖里，死了也不放过你。驼子指着女人的鼻子说，你有本事就去跳湖，你死给我看？我不怕你找我。女人说，你巴不得我死是吧？驼子说，我就巴不得你死，你有胆死给我看。女人大哭。女人越哭，驼子越打得厉害。女人也跟驼子打，驼子长得五大三粗，女人打不过驼子。不还手还好，一还手，驼子把女人按在地上打，打得女人满脸是血。后来有一天，女人受不了，真的跳湖自杀了，捞起来一看，一肚子的水，鼓得像个孕妇。

关于这个湖，镇上一直是有传说的。说是湖里有水鬼，像这种非命死的水鬼是不得超生的。要超生，也不是没有办法，得拖一个人下水，让新的死鬼来顶他。驼子老婆死了之后，湖里一直没死人，也就是说驼子老婆只能做水鬼，超不了生。一到夏天，镇上的人喜欢去湖里游水。驼子老婆死后，去游水的天黑都上岸了。半夜，有人坐在湖边乘凉，说是看到湖面飘过一个水鬼，一声一声地哭。镇上的人都说，那是驼子老婆冤魂不散。驼子老婆跳湖死了之后，镇上又接着死了几个人，死相一个比一个难看。死得最惨的，是炸石头炸死的，骨肉碎成一块一块的，到处都是。镇上的人都说，驼子老婆不是一般的水鬼，她还能上岸，在岸上害人。镇上非命死的这几个，都是驼子老婆害死的。这样一来，驼子在镇上安不了身，走到哪里都被人指指点点，供销社的女人也跟驼子散了。

驼子没办法，找了个道士。道士说，办法有，要看你肯不肯。驼子说，你说。道士说，像这种野鬼，也只有我这种道行高深的法师才治得了。驼子说，师父，你说，只要有办法，我照做。道士说，我给你四个桃木钉，你拿回去，把你老婆的坟挖了，把这四个桃木钉钉在寿枋的四个角，我再做个法事，你就安稳了。说完，道士把准备好的四个桃木钉递给驼子，驼子握着桃木钉，看着道士，又问，没别的办法了？人都入土了，再去挖坟，她娘家还不打死我。驼子老婆死后，驼子被他老婆娘家折腾得半死，还赔了不少钱。再挖坟，他不敢。道士说，没别的办法。桃木钉的法力，驼子也晓得一些，他怕。道士看了驼子一眼说，有句话我跟你说在前头，这桃木钉一钉上去，死鬼马上魂飞魄散了，永世不得超生，你要想清楚。再跟你说，像这样的事情，我一般是不做的，损自己的阳寿，我也是看你可怜。驼子到底还是不敢钉桃木钉，他怕。这钉一钉上去，就算老婆真的魂飞魄散害不了人，他也安不了身。

有天，驼子进了金芝家的院子。金芝一看到驼子就说，驼子，我晓得你要来找我。驼子头低着说，金奶，我也是没得办法。金芝给驼子倒了杯水，指着驼子说，驼子，你作了孽。驼子说，金奶，我晓得，你老看有没得办法。金芝靠在椅子上说，办法是有，本来我不该说的，我回来前，阎王爷跟我说了，叫我莫多事，莫乱说话。驼子“嗵”的一声跪在金芝面前，大声哭了起来，一边哭一边说，金奶，我以前不是个人，我晓得她做鬼也不得放过我，天天夜里头，我都听到她哭。要不是看到还有个小伢，我也死了算了，一了百了。金芝眼睛还是看着天上，驼子跪在金芝面前哭。过了一会儿，金芝说，你出去跟人说，镇上死人不关你老婆的事。以前，山上有个死鬼，过了两百年，他要转世害人。镇上要是不想再死人，到山上盖座小庙。你逢初一、十五记得去上个香。

过了几天，镇上有人找到金芝说，金奶，驼子说要盖座庙，说是死鬼转世要害人。金芝点了点头。来人也不说话了。这几年，镇上非命死的人超过了十个，搞得人心惶惶，小孩子夜里都不敢出门，生怕一出门就被鬼收了去。坐了一会儿，来人小心翼翼地说，金奶，那你看庙要盖在哪儿？金芝说了，来人便走了。

过了一个月，庙盖好了，是座小庙，很小的一座庙，也简陋。庙在镇上的山上，背靠山，面朝湖。庙大概有两米多高，石头砌的，分了两层，下层供的是土地老，上层供的是两尊菩萨，一男一女。菩萨是请镇上的石匠雕的，上了油漆，看起来还像个样子。在庙的边上，是高大的松树，树上结满了松果。要是夏天，炙热的天气让松香的味道四处飘散，松针上有时还有蜜蜡，吃起来像蜂蜜。镇上的松树林经常会有蜜蜡，这东西怎么来的，没人去讲，小孩子看见了，是会摘下来吃的。庙边上的两棵松树是山上最大的，蜜蜡也最多，因为盖了庙，小孩子不敢再去摘那两棵树上的蜜蜡。

也是奇怪，庙盖好之后很多年，镇上再没有人非命死。至于湖里，也没再听说有人听到驼子老婆在那里哭了。夜里游水的人也多了起来。以前，镇上经常有人半夜去湖里下网偷鱼。驼子老婆死后那两年，偷鱼的没了。盖了庙之后，半夜去湖里下网的人渐渐多了。大概是因为灵验的原因，初一、十五去庙里上香的人也多了。碰到时节，还有人拿着猪头去供。由于庙小，猪头都摆在地上，烧过纸，上过香，猪头拿回去，分给家人吃，说是吃了菩萨保佑。至于那两尊菩萨是什么菩萨，镇上没人去问，也懒得问。他们上香时偶尔会看看菩萨，菩萨很小，大概只有四十厘米高，红红绿绿的，还有黄色。镇上的人都知道菩萨是镇上的石匠雕的，不过这些都没关系，石匠自己也去拜呢。

听到这儿，老丁说话了。老丁说，老马，讲了半天，好像只开了个头。我笑了笑说，本来就是只开了个头，我说了要讲到明天早上的，你们不信，偏要听。老谭说，讲吧，我看你怎么编下去。我看着老谭说，老谭，我可不是编，这都是真事儿，你没见过，并不表示这事儿不存在。老余说，老马，如果这是真事儿，那金芝这个女人不简单，她身上发生的事儿估计你还没开始讲。我说，接下来我就要讲了。

第二个故事

乡间捕鱼者

刚才我给你们讲了，金芝一直在镇上生活，死也是死在镇上。忘记跟你们讲这个镇的名字，这个镇叫走马镇。

走马镇上的人都姓马，没杂姓。镇上隔二十年会修一次族谱，族谱这东西不知道你们知不知道，应该都有，以前农村很重视这个。新中国成立后，有些年中断了，大概是一九八几年开始，又开始流行了。根据族谱的记载，走马镇的先人是从江西搬过来的，有几百年的历史了。最早到走马镇的据说是三兄弟，也就是说，走马镇上所有的人都是三兄弟的后人，算起来都是亲戚，都有血缘关系。时间隔得久远了，虽然说起来都有关系，但该打架还是打架，该骂娘还是骂娘。

走马镇东边是个大湖，湖外边连接着长江，西边靠山。刚才我已经讲到了，镇上在山上修了座庙，就是那座山，山不高，长满松树。南边还是山，不过是石头山，赤裸裸的石头，走马镇上祖祖辈辈都靠这座石头山和东边那个湖吃饭。北边原先是坡地和稻田，新中国成立后成了镇子的中心，坡地和稻田都没了。看看这个地理位置，可以想象出来，石头山和湖对走马镇的重要性。走马镇出石头，江南一带，盖房子打地基，多半都是用石头，南边的石头山祖祖辈辈都在上面打石头，把山打缺了一大块儿，从下往上看，能看到祖先密密麻麻的凿子的痕迹。

东边的湖里生莲藕和菱角，靠近岸边的浅水种的是莲藕，深一点是菱角，再深一点，菱角都没法长，全是湖面了，湖里有镇上人养的鱼。要说景色，走马镇的景色真是没得说，尤其是夏天。荷花开了，红的白的点满湖面，荷叶一摇一摆，那叫一个漂亮。现在，好些地方为了开发旅游，搞了荷花世界什么的，我去看过，跟走马镇那个没法比。缺的是什么？自然。现在的这些，雕琢的痕迹太重了，有匠气，没灵性。走马镇的荷花，沿着湖面一路开过去，几里都是，荷叶外面便是一片紫红的菱角，层次感便出来了。靠近岸边，还长着各色的水生植物，名字我叫不上来。时不时有水蛇游过去，还有大大小小的青蛙浮在水面上。这些景色，现在是看不到了。

扯远了，说回去。跟走马镇交界的是另一个镇，也在湖边上，那个镇叫南溪镇。两个镇都靠着湖，都想占这个便宜。走马镇人多，南溪镇人少，湖归走马镇。南溪镇的人不服，凭什么南溪镇不能分点？有胆大的时不时在湖里下个网，半夜三更划个船去摘菱角、摘莲蓬。走马镇上的人不乐意，又没办法，那么大个湖，也不能时时盯着。两个镇的梁子就这么结下了，彼此都看不顺眼。靠着这个湖，走马镇的日子过得比南溪镇的好，南溪镇的人更难受了。人一难受，难免会找点碴儿。

有一年，南溪镇的人在湖里打鱼，被走马镇的人看到了，上前去说理。南溪镇的人不但不听，还把走马镇的人打了一顿，指着鼻子骂道，凭什么湖是你们走马镇的，湖上写了你们走马镇的名字了？老子偏要打鱼，老子还要打你。消息传到走马镇，年轻人要打回去，老人拦住说，先讲道理，我们去跟南溪镇谈，让他们摆酒席道歉，还要保证以后不打我们的鱼。

谈判是在南溪镇的祠堂里谈的，走马镇去了五个老人。谈了半天，没谈拢。南溪镇的人说，大家都靠湖边上，凭什么只准你们在湖里打鱼？你们就不能分我们一口饭吃？走马镇的人说，湖一直都是我们的，让我们给你们没道理。南溪镇的人说，那我们不谈了，你们不给我们饭吃，我们就要打鱼。老人们从南溪镇回来，一个个气得要死，说，从来没见过这么不讲道理的。气完了，镇上的男人在祠堂里开会，说要准备打架了，不打这个事儿解决不了。每家每户，成年的男丁都准备好了，要打。

像是挑衅一样，南溪镇划了五条船在湖面上打鱼。走马镇也派出了五条船，船上都是精壮的劳动力，又是游水好手，站在船上，眼睛里都放出凶光，恨不得把南溪镇的人给吃了。船在湖上见面，二话没说就打起来了。一打起来，走马镇的人才发现他们吃亏了，人家船上的竹篙都套上了铁打的担头，还带了鱼叉，走马镇的竹篙是平头的，只有几根竹篙。南溪镇早就想打了，看这个架势是想杀人。走马镇的人赶紧把船往回划，已经来不及了，南溪镇的鱼叉飞了过来。

那一仗，走马镇在湖上死了三个人。死人的血流到湖里，把湖面染红了一大片。把死人抬回来，走马镇的人铁青着脸，这个仇要是不报，以后没办法立足了。全镇的男丁都去了祠堂，杀鸡，喝了血酒。喝完酒，他们划了全镇的船杀往南溪镇。架打了一整天，湖面的船打沉了好几条，人死得更多。岸上的男人都拿着柴刀、斧头拼命，南面的山坡成了战场。一天打下来，走马镇死了二十多人，南溪镇死了三十多个。当时，这场械斗的消息传到了省城江城，等省里的人下来，两个镇都在收尸。

说这个湖是走马镇的男人用命换来的，一点都不夸张。走马镇的女人，看到湖面的红莲花，像看到自己男人洒在湖里的血。她们爱惜这个湖，那是她们的命。

和走马镇其他的女人不一样，金芝不爱这个湖，她恨这个湖。原因我慢慢给你们讲。

金芝在走马镇是外乡人，她来自江城。你们大概会觉得奇怪，江城是省城，金芝干吗嫁到走马镇来。说起来话就长了。金芝小时候，江城还不叫江城，叫江城是很多年后的事情，为了方便，我们还是叫它江城好了。

如果你对地理有点兴趣，你应该知道，江城在长江边上，每年夏天都会涨水，遇到发洪水的日子，江城就成了一座水城。金芝家住在长江边上，从位置上讲，属于江城的贫民区。那个时候，江城已经分成了几个大区，我们现在说的江口区在当时是经济、政治中心，外国的租界就在那个区。我们现在去江城，还能看到江口区的老建筑，钟楼啊，使馆啊什么的，那都是老房子，带有明显的欧式风格。那些高大的梧桐树，多半是那时候栽下的。金芝家住在江阴区，江阴区和江口区不一样，是贫民区，沿着江边盖着低矮的棚子，金芝一家住在其中的一个。

现在很难想象当时的江阴区是个什么样子。我看过一些老上海滩的片子，黄金荣、杜月笙你们听说过吧？青帮头子，手下一帮弟子，在上海那是一等一的头面人物。蒋介石据说都是青帮弟子。这些老大的日子过得风光无限，最底层的弟子日子过得其实都寒酸。真有活路的，也不会加入帮派，谁都知道帮派规矩大，做的是刀尖上的买卖，一不小心，一条命就没了。人再穷再贱，把命还是看得贵重，拿命去换生活的，都是实在活不下去的。青帮弟子多半都是码头工人，或者手工业者，住在破破烂烂的棚子里，尖嘴猴腮，背上搭着一条皱巴巴的毛巾，弯腰驼背。住的那个房子，跟狗窝差不多，挡风遮雨都困难。江阴区大概也是这个样子，来来往往的人不是出苦力的，就是做手艺的，要不就是做点小生意。

金芝出生那天，江城发生了件大事。半夜里，江城突然响起了枪声。此前一段时间，江城也不太平，到处都说革命党要来了，满街都是巡捕，搞得人心惶惶。金芝出生前一天晚上，金芝她爹从江口区回来，一进门小声对她娘说，搞不好要出大事了。她娘挺着个大肚子说，能出么大事，出么大事我们还不是过日子，只要能过日子，管他出么事。

金芝她爹是个手艺人，在金铺里给人打金子。那时候，科技不发达，戴的金首饰都是人工打的。她爹手艺好，还能有碗饭吃。都说乱世黄金，盛世收藏，这个是有道理的。黄金在哪朝哪代都是硬通货，越是乱世，黄金越值钱。金铺的生意因着乱世反而好起来，她爹也忙，平时吃住都在店里。黄金贵，金店的规矩也大。库丁你们知道不？古代在金库工作的人。你别看不起这份工作，要想当个库丁相当不容易，那都是达官贵人做的买卖，得想尽办法才能塞一个库丁进去。库丁天天跟金银接触，皇帝老儿当然也怕别人偷他的金银。库丁入库工作都是光身进，光身出，出来还要检查口腔、谷道。按理说，这样一搞，库丁也没什么油水可捞，实则不然。不说你们也想到了，对的，还是塞进谷道。他们把金银塞进谷道，带出来的这些金银，库丁是得不了什么的，得交给主子。塞一个人当库丁之前，主子得找人训练这些准库丁。先往谷道里塞鹅卵石，塞进去一个时辰，不掉，神色自若，能蹦能跳。用手指探谷道，摸不到鹅卵石，这算是初步合格。过了这关，就往里面塞铁球，直至塞金元宝、金条。训练合格了，主子托关系，找门路，把这人塞去当库丁，一条财路就开了。金店没这么麻烦，但也是有规矩的，金芝他爹进库房做事，也得把衣服脱了，换上金铺的衣服。做完事，脱下金铺的衣服，才能穿回自己的衣服。她爹人老实，老板很是信得过他。有熟悉的主顾没空来取货，送货的事情多半都是金芝他爹来做。

大概是金芝出生前几天，老板对金芝她爹说，你给我送对镯子到江口谁谁家。具体是谁，我也搞不清楚，肯定是个有钱人。金芝她爹拿了镯子去了，到了人家家里，主人不在家，家里的保姆问金芝她爹有什么事。金芝她爹说，老板定做的金镯子打好了，我给送过来。保姆说，你给我吧，主人回来我给他。金芝她爹说，我还是等等吧。保姆说，你是不放心我。金芝她爹说，不是不放心，出门前我们老板有交代，要给到你家主人手上。话是这么说，其实还是不放心，整个江城乱哄哄的，这对镯子得好几两金子，谁看了不动心？一个做保姆的，一辈子都挣不了这几两金子，要是她拿着镯子跑了，那他是跳到黄河也洗不清了。保姆给金芝她爹倒了杯水说，那你在这儿等着吧，都不知道主人什么时候回来。出大事了，你晓得不？金芝她爹说，出么大事了，我不晓得。保姆说，说出来吓死人，革命党啊，你听说过没？昨儿夜里，革命党搞的炸弹爆炸了，把房子都炸塌了，租界巡捕房的到处抓人呢。金芝她爹吓了一跳，说，有这种事？革命党金芝她爹听说过，满大街的巡捕不都是说抓革命党的？抓到人没？金芝她爹问。保姆说，不晓得抓到没，我家主人昨晚回来说了几句，我没听太明白。看情况是要出大事了，搞不好要打起来了。金芝她爹说，打起来不会吧，没看到革命党人影，拿么事打？保姆说，你晓得他们躲到哪里，一打起来就跑出来了。说完，保姆说，你也找个地方躲起来，要是真打起来，江口不晓得成个么样子。过几天，我也回乡下了。

等那家主人回来，把金镯子交给人家，金芝她爹赶紧回了金铺。他对老板说，老板，我老婆要生了，你给我把工钱结一下。老板问了金芝她爹几句，还送了金芝她爹一对银镯子，说这个给你伢子。金芝她爹跑回江阴，对金芝她娘说，出大事了，怕是要打起来。金芝她娘说，打就打嘛，关我们么事。金芝她爹说，你个二五六，打起来不关你事儿，打起来你往哪里跑？金芝她娘说，往哪里跑，往江里头跑。说完，摸了摸肚子说，我这两天怕是要生了，要找个喜娘。金芝她爹对她娘说，革命党做炸弹，把租界的屋都炸了，满街的巡捕到处抓人。金芝她娘也吓了一跳说，搞炸弹？那你这几天莫回金铺了，你要出个么事，伢子么办。金芝她爹说，我晓得，还要你说。

金芝她爹回来第二天，她娘要生了，接了喜娘，她娘在床上叉开大腿，一直折腾到天黑，还没生出来。搞到快十点，突然听到像放鞭炮一样的声音。先是一声响，接着又是一声。她娘本来一直在哼哼嚷嚷的，听到声音，停了下来问，这是么事？喜娘说，像放鞭炮，又不像。又不过年过节的，放么事鞭炮。过了一会儿声音密集起来，她爹从外面进来，脸色铁青，她娘看着她爹说，外头出了么事？她爹说，打起来了！打起来了！金芝她娘听完她爹的话，“哇”地哭了起来，说，那么办，那么办？她爹说，你赶紧生你的伢。也许是因为紧张，或者别的原因，金芝她娘到底把金芝给生出来了。

过了几天，江口传来消息说，总督跑了，江城成立了军政府，都督是个姓黎的黄陂人。传话的人还说，黎都督好玩得很，革命党要他当都督，他还跟革命党说，你莫害我，莫害我。你说，这个事好笑不？人家要你当官，你还不当，都督，那是多大的官，人家想当都当不了。黎都督跟别个不同，他说，你莫害我，你莫害我。说的人笑嘻嘻的，一边说，一边学着黄陂话说，你莫害我，你莫害我。金芝她爹没笑，他说，你懂个鸡巴，乱世的官是好当的吗？来人不高兴了，说，那你懂个鸡巴？莫以为在江口打个金子就么事都晓得。金芝她妈抱着金芝坐在门口晒太阳，她说，你们两个吵么事撒，黎都督关你们么事撒，该做么事做么事去，莫挡了我太阳。

金芝命硬得很，一出生就碰到打仗，她爹说，这伢以后怕是有得苦吃。他说这话，大概是有口无心，哪个希望自己的小孩吃苦嘛。要说金芝，命苦也苦，要说不苦，那也不苦。前头跟你们讲了，金芝死得安逸，没病没痛的。老余，你去拿个大杯子给我，我讲得口都干了。

等金芝大了点，她爹想送她去上学。那个时候，女孩子读书的少，金芝家虽不富裕，跟周围其他人比，条件还算是可以的，起码吃得饱，多少还有点余钱。金芝她娘不同意，说女伢读书搞么事，反正是要嫁人的。她爹说，认得两个字总比一个字不认得好。她爹在江口做事，见过教会学校的学生，穿得干干净净的，还有女学生，都秀气，一看就不是一般人家的。她爹想，金芝比不得人家女学生，能读几句书算几句，学会算账写字，以后也能帮帮自己。

读了几年书，金芝她爹说，你也读了几年书了，莫读了。金芝想读，她爹说，我们读不起，你还有两个弟弟，他们也要读点书，不能你一个读，他们不读。金芝两个弟弟也快十岁了，到了上学的年龄。金芝她爹说，你莫读了，回来帮我做生意。金芝答应了，她不答应也不行。她爹在金铺做事做了十几年，也攒了点钱，开了个布店，要人帮忙。金芝回到布店，帮她爹料理生意。

布店开在江口区，店面很小，在钟楼边上，离钟楼不远的地方有个教堂，金芝在布店做事，走到门口，可以看到教堂的尖顶。路边种的是法国梧桐，这里当时是法租界，梧桐树应该是法国人种下的。长了些年，梧桐树长高了。从路边望过去，教堂的影子模模糊糊的，藏在树影里面。遇到店里生意不忙，金芝会出去转转，时不时可以碰到金发碧眼的外国人。金芝去过几次教堂，听到教堂里有人唱歌，声音悠扬。金芝回来问她爹，教堂里唱么事歌？她爹说，唱的是基督教的歌。金芝问，基督教是么事东西？她爹说，我也不晓得基督教是么事东西，大概跟我们信菩萨差不多，基督是外国的菩萨。金芝问，我看到好多都是中国人，他们信外国的菩萨搞么事？她爹说，现在的世道搞不清了，好些中国人都信外国的菩萨。

有天，有个外国人进了布店，要买丝绸。外国人喜欢中国的丝绸，碰巧，那天店里丝绸卖完了。金芝说，没得了，要不你改天再来？外国人说，我住在教堂里，要是到货了，你到教堂找我，好不？说完，指了指教堂的方向说，就是那里，你看得到的。金芝说，那等到货了我去跟你说。外国人说，好，那麻烦你了。外国人自始至终都很礼貌。等外国人走了，金芝对她爹说，外国人不是坏人吗？看起来不像。她爹说，哪个晓得是不是坏人，自己国家他不待，跑到我们中国来搞么事。金芝问，那有货了要不要去跟他说？她爹说，生意么不做呢，外国人好骗，又不讲价。

等货到了，金芝她爹说，金芝，你去教堂跟那个外国人说一声，就说货到了，让他来看。金芝去了教堂，那天，教堂很安静，像是一个人都没有。教堂的院子里种的也是法国梧桐，还种了一些花。金芝往教堂里面走，她看到了十字架，看到了露出半个乳房的女人抱着光屁股小孩儿的雕塑。金芝的心跳得厉害，脸都红了。本来，她想转身出去，可教堂又吸引着她。走进教堂的过道，她看到墙上画着很多画，里面的桌子摆得很整齐，擦得干干净净。一楼的大厅里，还放着一架钢琴。金芝走到钢琴面前，摸着黑白的琴键，很滑。她手指轻轻地用了点力，按了一下，钢琴"咚"地响了一声。金芝赶紧收回手，抬头往四周看了看，怕人发现了似的。她想回去，这个地方对她来说，太陌生了。她转过身，准备往外走，这时，听到有人说，你好！金芝转过头，看到了前几天去布店的外国人。外国人看了金芝一眼，笑了起来，说，你是布店的那个小姑娘？金芝点了点头说，是的，店里到了一批丝绸，你有空过去看看。外国人朝金芝走过来，和蔼地说，我叫丹尼，是这里的牧师。说完，对金芝说，我们走吧。

走在街道上，金芝很紧张，又有些不好意思，她身边有一个外国人。她想问丹尼，为什么外国的菩萨叫基督呢？丹尼看着金芝说，你看起来很年轻，在我们国家，像你这么大的孩子都在上学。金芝说，我还有两个弟弟。丹尼说，我明白了。金芝看了看丹尼，他看起来不像是个坏人，金芝想了想，还是问了，为什么你们的菩萨叫基督呢？听金芝说完，丹尼笑了起来，说，我们不叫菩萨，菩萨是你们中国的称呼。我们基督徒不崇拜偶像，跟你们不一样，我们信的是耶稣，万能的主。

丹尼在金芝家的店里买了几匹丝绸，金芝她爹说，你帮忙给送回去。把丝绸送到教堂，丹尼对金芝说，金芝，你很好，有空欢迎你到教堂来，我随时欢迎你。说完，丹尼拿了一个小小的十字架送给金芝说，愿主保佑你。

回到布店，金芝看着手上的十字架，有种奇怪的感觉，她觉得她愿意相信主能保佑她，尽管她不知道主是什么。她想，教堂里传来的歌声那么好听，那么主，应该是个善良的人，是个好人。她想到在教堂看到的画，脸又红了。

认识丹尼之后，金芝有空偶尔会去教堂，听丹尼讲主的故事，有时候也会听丹尼带人唱歌。丹尼告诉她，他们唱的是赞美诗，都是赞美主的诗歌。丹尼还告诉金芝，江城的局势很紧张，未来会是什么样子谁都不知道。丹尼还说，金芝应该去上学，然后去外国，最好是去欧洲，那里会让她受到最好的教育。金芝说，我家没钱。丹尼说，如果你真想学习，钱不是问题，主会安排这一切的。金芝想了想说，我是中国人，主不会保佑我的。丹尼摇了摇头说，主爱世人，也包括你。金芝的眼睛湿了，长这么大，从来没有人告诉过金芝，有人爱她。现在，丹尼告诉她，主爱她，这是一个不存在的人，但他爱她。

金芝去教堂的事情到底还是被她爹发现了。她爹说，金芝，以后不要去教堂。金芝问，为么事？她爹说，教堂不是我们该去的地方。金芝说，我想去。她爹说，你都是大姑娘了，成天和一个外国人在一起也不怕人家说闲话。金芝说，我不怕。她爹说，我怕，不准去。金芝她爹把店里的事情都交给了金芝，他坐在旁边看着，免得金芝有空又去教堂。过了个把月，金芝对她爹说，你别整天看着我了，我不去了。她爹说，你莫看我烦，我也是为你好。金芝说，我晓得，你为我好，我不去了。

晚上睡觉前，金芝会翻翻《圣经》，《圣经》是丹尼送给她的。那天，金芝去教堂听丹尼他们唱赞美诗，金芝坐在教堂的院子里，听着歌声从教堂里传来，还有钢琴和小提琴的伴奏。阳光照在金芝的身上，金芝眯着眼睛，看着头顶的梧桐树，正是秋天，梧桐树的叶子都黄了，风吹过来，有叶子从树上掉到地上，教堂的院子里有零散的落叶。金芝觉得，这一切真是太美好了，像一个世外桃源。丹尼说过，江城局势紧张，这些她不管，也不是她管得了的，她只希望这样的时间能长一些，再长一些，长到她的一生都不够。唱完赞美诗，丹尼走到金芝身边，和金芝聊了会儿天。丹尼说，我有个礼物要送给你。说完，丹尼回了房间。等丹尼回来，他手上拿着一个小小的盒子。他在金芝身边坐下，把盒子递给金芝说，送给你。金芝把盒子往回推了一下说，我不能要你的礼物。丹尼说，打开看看，再决定收不收我的礼物。金芝接过盒子，打开，她看到了一本黑色封面的书，书封上写着两个字：圣经。丹尼望着金芝说，这是我能送给你的最好的礼物，它会伴随你一生。金芝盖上盒子说，谢谢。丹尼望着金芝，突然握住金芝的手说，金芝，你很美丽。金芝脸上一阵阵发烫，她把手从丹尼手里挣脱出来说，我该回家了。一看到《圣经》，金芝常常会想起丹尼，丹尼有一张线条简洁的脸，鼻子高挺，身上散发出淡淡的香水味。她把《圣经》放在枕头边上，那样，她会睡得更安稳一些。

好长一段时间，金芝没去教堂。偶尔，她会朝教堂的方向看看，希望能看到一点什么。直到有一天，丹尼走了进来。丹尼望着金芝说，金芝，你怎么了？你好长时间没去教堂了。金芝把头低下来说，最近很忙，店里走不开。丹尼说，这样，那你什么时候有空去教堂，我有东西要给你看。金芝她爹走过来说，丹尼先生，你有什么事吗？丹尼说，没事，我找金芝聊聊。金芝他爹说，我们很忙，如果没事的话……后面的话，金芝她爹没说。丹尼说，对不起，打扰了。然后走出了布店。金芝抬头望了丹尼一眼，她爹看着金芝说，金芝，我说过，不准去教堂。金芝说，我没去。她爹走进店里，过了一会儿，她爹拿着《圣经》，举起来说，这是么事？金芝说，没么事。金芝她爹说，你不要以为我不晓得，我早看到了。本来，要是没么事，你看看也就算了。我跟你说，以后连书也不能看了。说完，把《圣经》狠狠地扔到地上，又踩了几脚。她爹说，金芝，店里不要你帮忙了，你回去帮你妈，我再请个人看店。

回到江阴区的家里，金芝不习惯，她受不了这些腐败、没落的气息。她快十八岁了。她娘说，金芝，你莫不耐烦，你本来就不是什么富贵人家的女儿，你生在这儿，以后还要在这儿，到死你也脱不了这个根。金芝说，那我死了能不？她娘笑了起来说，你死给哪个看撒。有天晚上，金芝她爹回来了，她爹说，要给金芝说个婆家了。金芝说，我不嫁。她娘说，女伢哪个不嫁人撒，这个由不得你。说完，问她爹，你看到哪个屋的伢了？她爹说，我以前在金铺的老伙计的小伢，长得蛮好，比金芝大两岁。金芝她娘说，那你么晓得人家有没得这个意思？她爹说，老伙计过来跟我说了，我答应了，我看过那伢，蛮好。金芝她娘说，那好，找个日子把事情定了，金芝也大了，该嫁人了。金芝跳起来说，我说了，我不嫁。她爹说，这个事情由不得你。

过了个年，两边把亲事定了，说是等金芝过了二十岁生日把金芝接过去。金芝跟男伢见过几次面，蛮老实的一个男伢，但金芝不喜欢，说不上什么原因。金芝跟她爹说，我跟你去布店，我过几年再嫁。她爹看了看金芝说，你莫想心思，你待屋里，哪里都不能去。金芝想跑，又不晓得能跑到哪里去。

那年七月，江城发了一次大水，大水漫过江堤，江城到处都是乱糟糟的。金芝家里也被水淹了，屋里的东西都浸在水里，睡觉都不安稳。等洪水退了，江城也乱了。说是日本人进军东北，把沈阳占领了，东北军受令不抵抗，一路撤退，现在大半个东北都是日本人的了。金芝去了趟江口区，街上到处都是人，举着条幅，有人大声地发表演讲，还有人敲锣打鼓。

金芝去了教堂。看到金芝，丹尼惊讶地问，金芝，你怎么来了？金芝有两年没去教堂了，丹尼还记得她的名字，她有点意外。在教堂的院子里坐下，金芝对丹尼说，丹尼，日本人真的把东北都占领了？丹尼说，现在还没有，迟早的事情。金芝说，那是不是很快要打到江城来了？丹尼说，这个不清楚，要看蒋介石的意思，东北之所以搞成这样，也是因为蒋介石不抵抗。中国的局势很复杂，没人能说得清楚。金芝说，要是打到江城怎么办？

丹尼苦笑着说，能怎么办？金芝没再说话，他们坐在椅子上，各自想着心事。过了一会儿，金芝对丹尼说，我要嫁人了。丹尼扭过头，望着金芝，说，你喜欢他吗？金芝摇了摇头，丹尼说，你不喜欢他，为什么要嫁呢？金芝说，我家里要我嫁。丹尼说，金芝，你不能嫁，你不会幸福的。

那天的天空特别蓝，蓝得不近情理。金芝看着丹尼，她喜欢那张脸，还有他说话的语调。金芝突然抓住丹尼的手说，丹尼，你带我走吧，离开这里，我不想嫁人，我不想打仗，我怕。丹尼一只手握住金芝的手，另一只手绕过去抱住金芝的肩膀，金芝的身体在发抖。丹尼说，金芝，我很想帮你，但我不能带你走，我不能在这个时候离开中国。如果你需要的话，我可以去跟你父亲谈，我告诉他我喜欢你，我要娶你。金芝从丹尼怀里坐了起来说，没用的，他不会同意的。金芝擦了擦眼泪说，丹尼，我和你开玩笑的，我不会离开江城的。

说完，金芝从口袋里掏出丹尼送给她的十字架说，丹尼，这个还给你，我不信主，主救不了我，菩萨救不了我，你也救不了我。我不信了。金芝站起来往外走，丹尼喊，金芝，你别走。金芝头也没回，她想回到家里去，即使死，她也要死在家里。

江城的大水退了，坏消息一个接一个传来，日本人闹得人心惶惶，报纸上满目荒凉，日本人占领了东北，米价飞涨，工人失业。江口不少店铺都关门了，有钱人拖家带口跑到了香港。金芝家住在江边上，出门，拐过几条巷子，爬过江堤，长江映入眼目。江面上停满了船，还有军舰。打鱼的渔民还在下网，外地来的小船停靠在码头上。要是夜晚，江面上灯光闪烁，大型的货轮和客轮顺江而下，时不时响起的汽笛，让人心慌意乱。金芝要出嫁了，她爹说，世道这么乱，你一个姑娘不安全，还是早点嫁了好。

如果金芝这么嫁了，那倒也好，后面的事情就不会发生了。人算不如天算。不过话又说回来，谁知道嫁了是不是真的好呢？人生和历史一样，都是不能重来的，也没办法假设。人只有到快要死了，回头看看自己的一生，才能知道他的一生在哪些地方是让人满意的，哪些是个错误。关键的问题是，即使你知道是个错误，即使你当时做出了你认为正确的选择，那么显然，此后你认为做得正确的事情也就不存在了，那是两条道路上的事情。所以，当我们回顾人生，懊悔是没有用的，不可能有重新选择的机会，能做的只是默默接受，不管是痛苦还是欢乐，它都是你的，你必须承担你人生的后果。

我们现在看起来，金芝那年犯了一个大错误。她上了一条不该上的船，那条船，把她整个人生都改写了。如果不是那条船，金芝或许在江城嫁给她爹的老伙计的儿子，打仗、逃难，然后回到江城，迎接江城解放。也有可能跟着丹尼去了法国，过上了吃面包的洋日子。当然，这些都是假设，假设是没有用的。金芝上了那条不该上的船，她顺着长江，去到了走马镇，这一去，就是一生。

故事讲起来很简单。

有天下午，金芝去了江边，坐在码头上看着江面的船，江水还是那样缓缓往下流去，望不到尽头。码头边上，停满了乡下来的小船。这些船装满了乡下的物产，四季蔬菜、大米等，小贩们站在岸上和船上的乡下人讨价还价。江城乱了，可大家还得吃，还得活，米价再贵，只要手里有钱，还买得起米，你还得买。至于蔬菜，多少也是要吃一点的。

金芝跟着小贩们去了码头，那时候大概是十月了，金芝想去看看有没有新鲜的莲藕和莲蓬。在一条小船前面，金芝停了下来，冲船上的人喊，你这藕么卖？卖藕的人说，你来看下撒，都快没得了，剩下几节藕梢。金芝上了小船，船上有个人洗了一个藕头，递给金芝说，这个嫩，甜呢。金芝咬了几口，藕头又脆又甜。又有人给了金芝一个莲蓬说，早上摘的，你尝尝。金芝剥开莲蓬，也甜。金芝说，有好点的藕没？船上的人说，没得了，卖完了。要不，你跟我回去，屋里好多。金芝说，哪个晓得你屋里好远。旁边的人说，没得好远，划船个把钟头就到了，我等下还要来，屋里还有藕要卖。金芝说，那我在码头等你。卖藕的说，你跟我一起去撒，我们那儿好玩呢，你看过藕塘没？我们那儿的藕是长在湖里的，一连几里都是的，荷花白的红的都有。金芝说，你莫哄我。卖藕的说，我天天过来卖藕，哪个哄你撒。金芝的心动了，她想去看看藕塘，这些天，金芝烦透了。金芝问，你几时能回来？我要买藕回去做夜饭。卖藕的说，快得很，太阳落山前回来，再晚了没得人买藕了。金芝又问，你们那儿真有藕塘，还几里？卖藕的笑了起来说，没得藕塘，我这藕从天上掉下来的？金芝说，那你莫哄我哈。卖藕的说，不得哄你。金芝说，那太阳落山前要回来哈。卖藕的说，没得问题。

船缓缓向下游划去，过了个把小时，船弯出长江，进入一个大湖。离开了江面，湖上几乎见不到别的船。金芝说，这是哪里？卖藕的说，还不是江上。金芝说，江面没得这么宽，你跑到哪里了？卖藕的说，这个湖跟江是通的。金芝朝四周看了看，湖宽得像是看不到边，岸边的山都显得小了。金芝有些怕了，她对卖藕的说，大哥，你送我回去，我不去了。卖藕的说，快了快了，你看到前头没，前头那个山那里就是了。金芝抬头望了望，山还有很远，金芝说，好远哦，太阳落山能回得去吗？卖藕的说，放心，回得去。金芝一边剥莲蓬，一边说，你莫哄我撒。卖藕的说，不得哄你。

又过了个把小时，船还是在湖面上，金芝急了，她说，大哥，怎么还没到呢？卖藕的笑了起来，说，你跟我走吧，莫消问得。金芝慌了，说，大哥，你这是么意思。划船的说，没得么意思，你走不脱了。金芝一听，人都吓坏了，晓得是碰到坏人了。她跪在船舱里，对卖藕的说，大哥，我求你了，你送我回去，我屋里有钱，我给你一船的藕钱。船上年轻点的看了划船的一眼说，大哥，要不我们送她回去吧。划船的往湖里吐了口痰说，你说得轻巧，送回去，送回去我们还跑得脱？金芝使劲地磕头说，大哥，我求你了，你送我回去，我么事都不得说，我还给你一船的藕钱，我保证我么事都不得说。金芝跪在船上，挪到年轻的面前说，大哥，你发发善心，你送我回去，好人有好报。年轻的为难地看了看划船的，划船的说，你给我把她看好。

金芝说，你们莫逼我，你再逼我，我跳湖死给你看。划船的说，你想跳跳嘛，你跳湖死了跟我们也没得关系，哪个还怕你死撒。湖水很深，船离岸边还很远，即使不远，金芝也不会游水，即使会游水，她也游不过卖藕的。金芝的腿又软了，她又跪了下来说，大哥，我求你们了，你们送我回去，下辈子做牛做马我也报答你。划船的说，不要你下辈子做牛做马，你给我弟做媳妇。金芝看了年轻的一眼，划船的说，你莫想得好，跟他没得关系。

天很快黑了，月亮升了起来，湖面银闪闪的，卖藕的一个划船，一个看着金芝。金芝想跳湖死了算了，又不敢，怕死，她还是怕死。坐在船上，金芝眼泪一直往下流，干了又流。她想她爹，她娘，平时痛恨的江阴区，也无比美好。她还想丹尼，想江口的教堂。她不知道这辈子她还有没有机会见到他们。金芝后来给人讲，那时候，我真是没得用，我要是真往湖里跳，我还不信他们真敢看着我淹死，他们不敢，起码马天庄不敢。马天庄胆子小，他见不得死人。

天快亮了，船进了一个湖汊，等船走出湖汊，金芝看到了一片荷叶，一连几里排开去，太阳已经出来了，金芝看到满眼翠绿的荷叶，还有粉红的荷花，白色的荷花，船边上还有紫红的菱角。年轻的伸手到湖里摘了几个菱角，剥好，递给金芝，金芝不接。年轻的说，吃点吧，甜得很。金芝不吃。划船的说，天庄，你来划船。马天庄一边划船，一边说，到了。这话像是对金芝说的。船划了半天一夜，金芝不知道船是怎么划到这里来的，她从小没出过江城。她没想到她第一次出江城，会是以这种方式。

来人坐在金芝边上，也伸手摘了一把菱角说，姑娘，我没哄你撒，我说了有几里荷花。金芝说，你要是没哄我，你送我回去。来人把菱角壳丢到湖里说，回你是回不去了，你死了这条心吧。满湖的荷花和菱角，在金芝的眼里，丑陋无比，这世间没有比这更丑陋的东西了。

老余吸了口烟说，这么说金芝是被骗到走马镇来的？命苦，真是苦。我喝了口茶说，关于这点，我也想不通，按说，金芝应该算是个聪明人，怎么这么容易被骗了呢。老丁说，有些事情说不清楚，那个时代的人相对单纯一些，比较容易相信人，不像现在，要是现在，这种手法莫说骗这么大个人，小孩都骗不了。老谭往沙发上一靠说，那也不见得，前段时间报纸上不是还报了吗，说是几个女大学生被一个农村妇女骗到山里面给卖了。有个电影叫《盲山》说的也是女大学生被骗的事情，不过，那个女大学生最后还是跑出来了，娃都生了，还是跑出来了。老丁说，那也是，人有时候做的事情自己都不知道是发了什么神经。对了，老马，金芝和丹尼到底有没有关系？你说了半天，又是教堂又是丹尼的，两个人到底有没有关系？我说，没关系，顶多只能算少女情怀，在那个时代，要是你是个女的，你碰到那么个人，你也会心动一下嘛。老余说，老马，你接着讲，我打电话让人家送外卖过来。看这个形势，怕是真要讲到明天早上了。

金芝一到走马镇就给人关到了祠堂。祠堂是走马镇敬祖先的地方，逢到大节气，祠堂都要摆香案，碰到大事，比如说我头先讲到的走马镇和南溪镇打架，走马镇的人都要到祠堂开会。这次是例外，他们带回了一个女人，这女人放哪儿都不合适，只能关到祠堂里。祠堂供有马家祖先的牌位，金芝关在大厅旁边的侧房里。头两天，好些人跑到祠堂来看金芝，跟我们去动物园看猴子一样。金芝坐在房间里，话也不说，水也不喝。饿了几天，金芝一点力气都没有。每天都有人给金芝送饭，送水。金芝不吃也不喝。

有天，有个女人到了金芝房里，对金芝说，姑娘，你这是何必呢，你饿死了，也没人疼惜你。你还是吃点吧，有命在，还有个盼头，命都没了，那么事都没了。金芝靠在椅子上没说话，她不想听。女人拿了块洗脸布，想给金芝擦擦脸，金芝把她的手甩开了。女人没再坚持给金芝擦脸，她坐在金芝边上说，姑娘，我看你的样子，是从江城来的吧？听女人说完，金芝把头抬了起来，看了看女人。女人说，你莫怪我话多，我一看你的样子猜得出来你是江城来的。我以前去过好些次江城，不怕你笑，我也是被骗到走马镇来的。金芝嘴角抽了一下，想哭。女人说，你莫哭，哭也没得用，我刚来那会儿，也是关到这个房里。现在，伢都有了，也懒得想心思了。有了伢，他们也不管我，还让我回娘家。我回了娘家，屋里都没得人，说是逃难去了。就算屋里有人，也没得人认我，他们都当我死了。金芝拉住女人的手，跪了下来说，大姐，你能帮我不？我报答你，你要钱我给钱，要么事我给么事。女人抱住金芝说，姑娘，你莫说大姐不帮你，大姐自己都救不了，还能帮得了你？女人有个命，认了。说完，端起碗水说，你喝点水，你不吃不喝，害的是自己的命。金芝接过碗，喝了口水，说，那我么办呢？女人说，看你的命了，你要是有那个命，肯定能回得去，没那个命，你死了也回不去。

女人走了，金芝又哭了。她只能哭，没完没了地哭，等哭完了，泪流干了，也就认命了。关了金芝几天，祠堂的门开了，进来一群人，有年轻的，也有老的。老的坐在椅子上，年轻的站在旁边，还有女人抱着孩子围在门外。金芝听到一个老人的声音说，把她带过来。有两个人开了侧房，把金芝拉了出来。坐在首位的老人看着金芝说，你叫什么名字？金芝不说话，直愣愣地瞪着他。旁边有人骂了起来，你个臭婊子，三友爹问你话你没听到？老人摆了摆手说，你们莫骂她，等她自己说。说完，老人说，你到了我们镇里，你跑不脱了，我劝你也莫想那个心思。有些话，我跟你说明了，我们给你找了个人，你在我们这儿过日子吧。说完，老人扭过头对旁边的一个老人说，你们把她带回去吧，好生养着，莫打人家，看她这个骨架，经不起打，有话好生说，等有了伢，她想通了就好了。

过了好些日子，金芝才知道，那天在祠堂跟她说话的是马家的族长。说是族长也许有点不合适，反正大概是这个意思。他叫马三友，前清的秀才。在走马镇上，他是最有威望的人，把金芝配给马天人，也是他的主意。

后来金芝问过他，金芝说，三友爹，你是读圣贤书的人，你么能做这样的事呢？

三友爹说，我也是走马镇的人，也是这片乡土的，你说，我不做谁做？

金芝说，你读的书都读到牛屁眼去了。伤天害理的事，你还是个读书人，你枉费了孔圣人的书。

三友爹也不生气，说，孔圣人都打倒了，这个社会，哪个还信孔圣人。金芝说，那你也不能把我给马天人，你不晓得马天人是个什么人？

三友爹说，我看他长大的，我么不晓得。不把你给马天人，把哪个给马天人？哪个肯？

金芝说，那我肯了？你把我一生都害了。

三友爹说，我没害你，这是你的命，你要信命。码头上那么多船，你上哪条船不好，你要上这条船。他们一年去不了一次江城，一去碰到你了，你说，这是不是命？

金芝吐了口痰说，我死了做鬼，也要到阎王爷那里去告你。

三友爹说，你告吧，阎王爷也不晓得死到哪里去了。再说，江城兵荒马乱的，你在走马镇，也不见得比在江城差，日子是苦点，好歹有个命在。古人说，蝼蚁尚苟且偷生，何况一个大活人？江城好些人都逃到乡下了，你又不是不晓得。

那时候的走马镇，穷，要是不穷，当年也犯不着跟南溪镇的人拼命，二十多条人命，为了一个湖。前面讲过了，走马镇南面是个石头山，因着这座石头山，走马镇上一般人家的猪槽、桌子、凳子都是石头凿的。现在看起来，家里有石头桌子、凳子，那是有钱人家，当时不同，只有穷人才用石头的，有钱人都用木头的。

说到这个，我还想起另一个故事。我们小时候，的确良正流行，能穿的确良的都是富人家，好些人借钱都要买一套的确良的衣裳撑面子。当时，我们村有个人家里穷，穿的是他奶织的棉布。我看过织布机，织点布还特别麻烦，先要把棉花纺成线，等线够了，才能上织布机。那会儿，那人读初中，每次回家都觉得特别羞辱，班上同学穿的确良，他穿棉布的，鞋子也是他奶纳的鞋底儿，做的布鞋。现在，你要是穿一身手织棉布的，说你没钱，那都没人信。还有段时间，流行三合板的家具，谁家要是婚嫁用的是实木家具，那要笑死人，好些人家都把老家具劈了当柴烧。你现在买套实木家具得多少钱？时代总是在跟人开玩笑，一个老百姓，你根本不可能知道在时代中你算个什么东西。

说回金芝那儿。金芝配给了一个叫马天人的男人。要讲悲剧，金芝的悲剧就从这儿开始。如果嫁了别人，金芝说不定认了，嫁给马天人，换了谁都不肯认这个命。马天人是个傻子。单纯讲条件，马天人家当时条件在走马镇还算好的，他爷爷以前是开当铺的，攒下了些钱，买了不少地，算是个地主。到他爹手上，他爹抽大烟，家产败得差不多了，地也卖了一半。俗话说得好，瘦死的骆驼比马大，金芝到马天人家时，家里还没全败光，不过，也差不多了。

马天人家把金芝领了回去，到了家，马天人他爹指着马天人说，这是你男人，以后你跟他过日子了。金芝看了马天人一眼，马天人望着金芝，流着口水，“嘿嘿嘿嘿”地傻笑。一看到马天人，金芝想跑，她觉得她无论如何不能跟这个男人过日子。金芝接触过的男人，最亲密的是丹尼，他们牵过手，丹尼还抱过她，仅此而已，但已经够了。丹尼构成了金芝对男人的想象，她觉得她想要的男人是丹尼那样的。现在摆在她面前的是另一个男人，弯腰驼背，嘴里时不时流下口水，说话咕咕哝哝地听不清楚。从祠堂出来，金芝暗自打算过，只要男人还看得过去，她忍了，等有机会再逃出去。一看到马天人，金芝想，就是死了，无论如何，也不能让这个男人近她的身。金芝扭过头想跑，马天人他爹一把抓住她说，你往哪里跑，我放了你，你也跑不出走马镇。说完，跟马天人他娘说，你找根绳子来，捆她几天看她还跑不跑。

到了晚上，马天人他娘端了碗饭到房里，还有一个煎鸡蛋。马天人他娘把饭放在桌子上，摆好筷子说，姑娘，你是要我喂你吃，还是你自己吃？金芝把头扭了过去，肩膀动了动，绑了快一天了，她手脚都是麻的，她不想吃，小腹胀得难受，她想上厕所，双腿夹紧扭过来扭过去。马天人他娘说，你是要解手吧？金芝咬着嘴唇。马天人他娘走到金芝边上，伸手想解金芝的裤子，金芝翻了个身，不让马天人他娘碰她。马天人他娘说，你莫动，我把你绳子解开。解开绳子，金芝说，我要上厕所。马天人他娘指了指房间角落里的马桶说，你屙到那里。金芝说，你在屋里头我解不出来。金芝她娘说，那我先出去。

过了一会儿，马天人他娘又进来了。看着桌子上的饭碗说，你么不吃？金芝坐在床上，把头低着。马天人他娘把饭端到金芝面前说，吃吧，你好几天没吃了，再不吃，要饿垮了。说完，夹了点菜往金芝嘴里送，金芝把头扭过去，不肯吃。马天人他娘放下碗说，你莫犟，你犟不过的，你越犟吃的苦头越多。说完，把碗放在桌子上说，饭我放这里，你自己吃。

第二天早上，马天人他娘进来，桌上饭吃完了。马天人他娘笑了起来说，吃了就好，你要是听话，我们也不得绑你。这几天，你在屋里头好好休养下，屋里要摆酒，他爹写了帖子，亲戚都要来。金芝说，大娘，你能放我走不？马天人他娘说，放你走？帖子都写好了，莫瞎说。说完，马天人他娘坐到床边对金芝说，姑娘，我晓得我们天人配不上你，委屈你了。女人，跟哪个不是过一辈子，我屋里头会对你好。马天人他娘出去了，还不忘把门锁上。

结婚那天，马家的亲戚都来了，来的还有走马镇的人。马天人家摆了酒，屋门口、屋里都摆满了桌子。马天人他娘进了屋里，手里拿着套新衣裳说，姑娘，今天做新人，你把身上那套衣裳脱了，洗个澡，换身衣裳。两个妇女抬着个大澡盆进了屋里，金芝她娘说，按我们这边的风俗，今天的洗澡水，不要你倒，有人伺候你，以后你是屋里的人了，有些事要你当家做主。金芝说，我不脱，我不洗，你也莫想我跟你儿结婚。马天人他娘脸黑了下来说，我跟你说，这几天我跟你好声好气的，你莫以为我脾气好，我看你也是个女人，可怜你，你莫以为我拿你没办法。金芝说，你想我跟你儿结婚，你等我死了再结。抬水进来的两个女人看着马天人他娘说，婶，现在么办？马天人他娘说，给她脱了，洗了澡，换了衣服，做新人。女人站在金芝边上说，姑娘，莫犟了。脱了，洗澡，等下水冷了冻人。

金芝一步一步后退，紧紧地抓着衣服扣子。退到墙角，金芝叫了起来，你们莫过来，过来我死给你们看。金芝拿头去撞墙，墙是土砖墙，金芝撞得一头的灰。女人过来架起金芝，像抓起一只小鸡，跟她们比起来，金芝太瘦了，也没有力气。两个女人一个抱住她的手，一个抱住她的脚，马天人他娘过来脱金芝的衣服，她先解金芝的裤子，脱了裤子，马天人他娘朝金芝裤裆中间看了一眼，又看了看金芝的屁股和腿。接着，她开始解金芝上身的扣子，金芝叫、喊、哭、挣扎，都没有用。

很快，金芝被剥光了。她两只乳房微微隆起，像是刚刚开始发育。女人把金芝抬进澡盆里，给金芝洗澡。金芝还在挣扎，在叫。马天人他娘突然一把抓住金芝的头发，把金芝的头按到水里，过了分把钟，一把提起来说，你再叫，你叫，给你洗个澡，搞得像杀猪。金芝喘了口气，说，我偏要叫，我凭么事不叫！马天人他娘又一次把金芝的头按到水里，再提起来，金芝大口大口地喘气，她说不出话来了，全身上下，松软无力，胸口堵得厉害。女人拿着洗澡布，擦她的脸，擦她的乳房，擦她的屁股，擦她的腿，甚至擦她阴毛稀疏的阴部。金芝靠在澡盆边上，像一只被宰杀的小白羊。给金芝洗完澡，换了衣服，梳好头。马天人他娘对躺在床上的金芝说，你给我放老实些，莫给自己找苦头吃。

屋外闹哄哄的，放了一会儿鞭炮，男人在喝酒，女人忙着端菜，收拾东西。过了一会儿，马天人他娘进来说，你起来，出去敬酒。金芝冲马天人他娘叫道，要敬你敬，我不去，你们不要脸，你们是流氓、土匪、恶霸，你不得好死。

金芝还在骂，正骂着，门口过来一个男人，长得五大三粗，眉毛和眼睛里都冒出恶气。男人喝了酒，站在门口说，大嫂，新媳妇么还不出来敬酒？马天人他娘说，马上来，马上来，姑爷你坐到等会儿。男人说，新媳妇好像不对啊，是不是看不上我们天人？说完，男人走进来，盯着金芝说，叫你敬个酒，你哭爹喊娘的，你么意思撒？马天人他娘说，姑爷，你莫气，我跟她说。男人对马天人他娘说，大嫂，事情我都听说了，我晓得。我来跟她说，你莫消多废话。马天人他娘看起来有些紧张，她说，姑爷，你莫乱来，莫吓到人家。男人说，大嫂，你放心，我晓得。男人搬了把椅子，坐在金芝边上，叉着腰说，你晓得我是哪个不？我告诉你，我是胡光头。说完，用手摸了摸光秃秃的头顶，似乎想做个证明。男人说，我告诉你，我胡光头莫说在走马镇，这片天，还没得哪个敢跟我胡光头说半个不字。我晓得你是江城来的，就算在江城，我今天要你死，你也看不到明天的日头。你晓得吧？金芝不看他。胡光头站了起来说，你要是个聪明人，赶紧出去敬酒，以后好好跟天人过日子，我再听说你不三不四的，我打烂你脑壳。说完，胡光头伸手向后一探，掏出把枪来，枪口指着金芝的鼻子说，这东西你认得吧？金芝看着枪口，身上哆嗦了一下，接着，叫了起来，你打死我，你打死我算了。马天人他娘赶紧过来，拉了拉胡光头的手说，姑爷，你莫吓到她，我劝下她。说完，连忙抱住金芝说，你莫惹姑爷发脾气，姑爷发脾气我们受不起。胡光头盯着金芝说，你莫以为我跟你说得好玩，我数三声，你不起来出去敬酒，我一枪打死你。

胡光头盯着金芝，开始数，一，二，三还没有喊出口，枪声响了，“砰”的一声，尖叫从屋里散开来，屋顶上的瓦落下来几片，砸到地上，碎成更多的小片。听到枪声，外面的人赶紧跑了进来，围了一屋子人。一个女的跑过来，拉住胡光头说，胡光头，你又发么事神经？胡光头没理女人，掉转枪口对金芝说，你莫以为我跟你开玩笑。听到枪声，金芝身上软了，她像是听到了江城的枪声，还有江面上紧促的汽笛。胡光头把枪收了起来，指着金芝说，大嫂，以后你莫捆到她，你让她走，她要是走得出走马镇，我把头割下来给你当尿壶，她还翻了天了。

金芝被人架着出去敬酒，马天人在她边上“嘿嘿”地笑。吃酒席的人看到金芝和马天人，笑嘻嘻地对马天人说，天人，你要当新郎哥了，高兴不？马天人说，高兴，高兴。高兴就喝酒撒。马天人一仰头把酒喝了。敬完酒，金芝被人架到屋里。她害怕了，是真怕。胡光头的枪把金芝吓坏了，她怕胡光头真的一枪把她给打死了。要是死了，她这辈子回不了江城了。她不想死，她想江城，想江口区的教堂，还有丹尼，那张漂亮的脸。

喝酒的人都散了。马天人进了房，跟着一起进来的还有马天人他娘。他娘铺好床对马天人说，从今天开始，你睡这儿。铺好床，他娘出去了，马天人把门关了，往金芝身上凑，想抱住金芝。金芝躲开了，马天人喝多了，抓了几回，没抓到金芝，马天人倒在床上，嘴里叫着，娘卖屄的，跟老子睡觉，过来跟老子睡觉。折腾了一会儿，马天人睡了。屋里的灯灭了，金芝坐在椅子上，她睡不着，也不想睡。黑暗中，金芝的眼泪不停地往下流，她后悔。她想，早知道这样，她还不如跟她爹老伙计的儿子算了。起码，那还是个正常人。

一连好些天，金芝都不肯跟马天人同房，马天人跳也没用，叫也没用。金芝在裤子上打了死结，马天人打不开。打不开，他就骂，骂金芝是个婊子，一巴掌一巴掌地抽金芝的脸。金芝咬他，抓他，马天人手上、脸上，一条条的血痕。

现在，金芝每天都吃饭，不但吃，吃得还很多。她要把自己吃饱，只有吃饱了，她晚上才有力气和马天人折腾。马天人他娘问过马天人，天人，你近了她身没？马天人骂，婊子不肯。他娘抽了马天人一耳光说，你喊么事，哪个婊子？那是你媳妇，你没得用，女人都搞不了。马天人说，她裤腰带紧，解不开。他娘说，你个死脑壳，屋里没得剪刀？到了晚上，马天人拿着剪刀要剪金芝的裤腰带，金芝抓住马天人的手，不让马天人剪，金芝说，你把剪刀放下，我自己脱。马天人笑了起来，放下剪刀，等金芝自己脱。金芝装作脱裤子，突然伸手一把抓住剪刀，拿刀口对着自己脖子说，你莫过来，你过来我死给你看。马天人慌了，叫起来，娘，娘，娘卖屄的要死。他娘进来一看，一脚把马天人踢出去说，你个没得用的，滚出去睡。说完，出了门。

大概过了一个月，或者更多一点。有天晚上，金芝准备睡觉了。好些天，马天人都不在房里睡。马天人他娘进来了，他娘说，我晓得你不肯跟我们天人，我也等了好些天，想让你自己想明白，你都是他媳妇了，我们马家还靠他传宗接代，你莫不懂我的心。金芝说，我么不晓得你想么事，要是你，你肯不肯？马天人他娘说，这个事情由不得你。我话跟你说在前头，今天晚上，要么你自己跟天人睡，你莫逼到我下狠手。金芝说，你还没下狠手？你哪一手不狠？把我关到屋里，还叫胡光头拿枪来吓我？马天人他娘说，胡光头不关我的事，那是你惹毛他了。金芝说，那还不是你屋里的人？马天人他娘说，你莫惹到胡光头发毛，你惹到他发毛，哪个都帮不了你。金芝说，我不管，反正，你莫想心思，我不得同意的。马天人他娘说，那好，你怪不得我。

到了半夜，金芝听到房门响了一声。金芝赶紧翻了个身，睡觉前，她拿凳子顶住了房门。她划了根火柴，把灯点亮了。房门又动了一下，金芝走到门边，喊了声，哪个？门外没吭声，金芝心里一紧，又喊了声，我睡觉了，你莫瞎搞。外头说，你把门打开。是马天人他娘的声音。金芝说，有么事天亮说，我困了。马天人他娘没再吭声，接着，金芝听到踹门的声音，好像有好几只脚踹在门上，门板晃了一下，又晃了一下，接着，“啪”的一声倒在地上。马天人他娘走进房里，身后还跟着四个女人。马天人他娘说，你还顶门？你怕哪个？金芝看到人，连忙说，你们搞么事，莫乱来。马天人他娘说，我不乱来，我帮你和天人圆房。金芝跳起来往外跑，几个女人抓住她的胳膊，抱着她的腰，把她按到床上。金芝拼命挣扎，哭叫着，莫害我，你们莫害我。马天人他娘看着金芝说，你莫怪我，这也是你逼我的，要是你肯，我也不得这样做。说完，马天人他娘说，几位婶娘，把她衣服脱了。屋里的女人像狼一样，很快把金芝剥光了，按手的按手，按脚的按脚，金芝拼命蹬腿，试图逃脱出来，她们按得太紧了，金芝动都动不了。那会儿，已经快到冬天了，天气很冷，金芝身上一阵一阵地打战，她哭着骂，你们不得好死，天打五雷轰啊——

马天人他娘喊了声，马天人，你个畜生死的，还不过来！马天人进了屋，他娘指着金芝说，你还不晓得？马天人哆哆嗦嗦地脱了衣服，慢慢凑了过来，压在了金芝身上。金芝闭上眼睛，那会儿，她的心已经死了。

听到这儿，老谭骂了句，操，这还是人吗？畜生都干不出这样的事来。老余换了泡茶，还是老普，依然清淡的味道。我对老余说，你家里有铁观音没？加点铁观音进去，这老普味道太淡了。老余加了点铁观音，重新冲了泡茶，点了根烟，半天没说话。老丁靠在沙发上，过了一会儿，老丁说，人逢乱世，命如蝼蚁。我们经常说看开些，看开些，有些事真要是发生在我们身上，哪个都看不开。要是真看得开，那世间也就没什么恩怨情仇了。说是说，哪个都差不多，要是真差不多，那人娶老婆，嫁汉子，干吗还得挑来挑去。说到底，人还是情感动物。你要说金芝这命，除开同情，你也没别的话说。

老丁说，我也给你们讲个故事，关于王阳明的。

王阳明你们应该知道，明朝最牛的几个人之一。他最牛的是提出了“心学”这个哲学概念，还有“知行合一”。陶行知的名字，据说就是从这里来的。日本有个牛人叫东乡平八郎，当年他率领破破烂烂的日本舰队干掉了俄国太平洋舰队和波罗的海舰队，在日本牛得不得了。他有块腰牌，上面有七个大字：一生伏首拜阳明。你们可想而知，王阳明是个多么牛的人物。

有个故事，讲的是王阳明和一个老方丈。说他到了杭州，在一所寺庙中见到了一位禅师。据庙中的人介绍，这位禅师长期参佛，修行高深，已经悟透生死，看破红尘。王阳明去拜见禅师，想听听禅师有什么高见。两个人聊了半天，王阳明发现禅师说来说去都是一些老道理，听得他一点兴趣都没有，说了一会儿，两个人没话说了。

过了一会儿，王阳明觉得干坐着也蛮无聊的，不如聊聊家常。就问老禅师，你有家没？

老禅师说，有，哪个人没家呢。

王阳明又问，家里还有人没？

老禅师说，老母亲还在。

王阳明问，那你想她不？

听完王阳明的话，老禅师半天没说话，过了好一会儿才叹了口气说，怎么能不想啊？

老禅师说完，觉得有些不好意思。出家人讲四大皆空，他作为一个老禅师，还说想家，想母亲，有些不合身份。

王阳明看着老禅师，认真地说，想念老母亲，是应该的，这也是人的本性，你不用不好意思。

听完这句话，老禅师没回应，眼泪流了下来。他站起来，跟王阳明行了个礼，走了。第二天，王阳明听说，老禅师还俗了，回家去照料老母亲了。

从这个事情，王阳明发现，无论一个人道行多高深，说到底还是一个人，还是有人性的，只有人性才是打不败的，或者说，是最容易打败的。你要打败一个人，只要找到他性上的弱点，那肯定手到擒来。

刚才老马讲到好些人都劝金芝认命，金芝不肯。不说金芝是个小姑娘，跟老禅师不一样，就算跟老禅师一样，也不可能没有区别心，比较心。没有区别心、比较心，说说容易，做起来，怕是全世界没几个人做得到。

老丁讲完，老谭说，老丁，你跑题了，金芝这个故事跟你说的区别心、比较心有什么联系嘛，瞎胡扯不是？

老丁说，哪里有瞎胡扯，我是说，你莫说金芝嫁了个傻子，就算嫁个正常人，从江城到走马镇她都接受不了，接受不了肯定是要反抗的，这就是人性嘛。她要是不反抗，那才是奇怪了。

休息了一会儿，我说，我接着讲吧，不然怕到明天早上都讲不完。

第三个故事

无围之堡

刚才讲到金芝结婚那天，有个叫胡光头的人拿了把枪出来。你们可能觉得奇怪，一个乡下人，身上怎么会有枪？就算是乱世，到处都在打仗，按道理说，枪也不是随便什么人都有的。胡光头不是乡下人，他住在县城。走马镇离县城不远，过去靠走路，走上一天，便到县城了。胡光头在县城做生意，做的生意不晓得，反正有钱。

胡光头在县城，名字响当当的，哪个见了胡光头都要给个面子。年轻时，胡光头是县城有名的流氓，这么多年过去了，县城还流传着胡光头的故事。有些故事，我到后头再讲，先讲前面的。胡光头的名头是靠打出来的，他有一身蛮力，打起架来，三四个小伙子近不了他的身。他打架不要命，跟他打架的，从气势上先输了三分。

关于胡光头的力气，有个故事是这样讲的。说是有一天，有个乡下人牵了头牛到县城卖，胡光头看见了，走到卖牛的人面前说，哪个叫你牵牛到县城来的？卖牛的人看了看胡光头，晓得是故意找麻烦的，连忙说，这是老牛，留在屋里没得用。胡光头说，你这是私自贩卖耕牛，晓得吧，耕牛不能卖。当时有没有这个规矩，我没去考证。胡光头这么一说，卖牛的说，那我牵回去，不卖了。说完，转过身，想把牛牵回去。胡光头跳到卖牛的面前说，晚了，把牛给我，我帮你看。卖牛的不肯，他知道胡光头这话什么意思，那是想白要他的牛。一个乡下人，牛比命贵，胡光头把他的牛牵走了，那是要他的命。那时候，乡下人耕田，都要用牛，现在，大多数地方也还是，牛是农家人的宝贝。这个乡下人，肯定也是屋里有了事，等着用钱，要不是等着用钱，哪个舍得把耕牛拿出来卖。

胡光头说完，要去牵牛绳子，乡下人不肯，胡光头三拳两脚把乡下人打倒在地，乡下人还是不肯撒手。胡光头烦了，说，你不肯把牛给我是吧？那我把牛杀了，我看你牵不牵得回去。乡下人扑过去抱住胡光头的腿，哭着求胡光头，说，大哥，我全家靠这头牛过日子，我错了，我把牛牵回去，好生养着。一边哭，一边从口袋里掏钱给胡光头，想让胡光头放过他和牛。胡光头一把把钱打到地上，今天，我看上你的牛了。胡光头招了下手，旁边的几个小流氓跑过来抓住乡下人，扭在一边。胡光头牵着牛说，兄弟们，老子把牛杀了，晚上炖牛肉下酒。边上围了一圈人，都是看热闹的，有的看着乡下人可怜，也只能在旁边指指点点，暗自同情一下。胡光头是个什么人，他们都知道，惹这个麻烦，他们不敢。也有些想看胡光头一个人怎么能把牛杀了。牛是水牛，弯弯的一对角，个子也大，怕是有五六百斤。胡光头个子也大，大也大不过两百斤，和牛比，他个子小。

围着牛绕了一圈，胡光头拿出把匕首，想用匕首杀牛。胡光头手上的匕首大概七八寸长，要用来杀牛，还是小了点。围观的人也乐了，一个人杀牛，牛还没捆起来，他们没见过。只见胡光头走到牛头前面，把步子扎稳，一只手握住一只牛角，用力地扭牛头，想把牛放倒在地。牛用力挣扎，胡光头被牛撬了起来，脚都离开地面了。围观的人“哄”地笑了起来。这一笑，把胡光头的脾气笑出来了，他说，老子今天要是杀不了这头牛，我就不叫胡光头。他又握住牛角，用力把牛往地上放。几个回合下来，牛累了，到底是被胡光头给扭倒在地上。牛头被按在地上，四只蹄子还在乱动，胡光头按住牛头，用力地转了一个圈，牛头给胡光头扭反过来了，牛想叫，叫的声音长一声，短一声，四只蹄子乱踢。胡光头用膝盖压住牛脖子，一只手拽住牛角，另一只手把匕首抽出来，插进牛脖子，牛血“噗”的一声喷了出来，浇了胡光头一身。胡光头一匕首、一匕首插进牛脖子，最后一匕首，插在牛眼睛上，插了十来分钟，牛不动了。胡光头站起来，从牛眼睛上抽出匕首，在牛身上擦干净。胡光头一身的血，围观的人退了两步，胡光头走到乡下人面前说，我也不欺负你，我只要一条牛腿，其他的给你。你看，我还帮你把牛杀了。

胡光头手狠不狠，不看他杀牛，你看牛眼睛。这些都是胡光头年轻时候的事情，等他结婚了，这种事情，他干得少了。他在县城开了个店，店主是胡光头他老婆，也就是马天人的姑妈马春花。胡光头多半时间在江城，少数时间在县城。他整天很忙，马春花也不知道胡光头整天在忙什么。她问胡光头，胡光头说，你一个妇道人家，莫问男人的事情。马春花不放心，胡光头是个什么人，她比哪个都清楚，她说，你莫对不起我，你要是在外头搞女人，我把你鸡巴割了。跟了胡光头这么些年，马春花嘴巴也糙得很。胡光头说，这个你放心，我做的都是大事，顾不得儿女私情。

胡光头是县城商会的会长，他生意做得不算大，但县城做生意的个个都怕他，不得不选他当了会长。当了商会会长，胡光头在县城算是有了脸面，县长见了胡光头，也要点头打个招呼。他年轻时候的那些烂事儿，都变成传说了。

你别看胡光头在外面搞得乱七八糟的，人其实精明，也疼老婆。每次从江城回来，胡光头都不忘记给马春花带点礼物。有时候是个手帕，有时候是个镜子，那时候时兴的小玩意儿，马春花没缺过。

有次，胡光头从江城回来，已经是晚上了。进了房，点了灯，胡光头对马春花说，我给你看样东西。马春花以为胡光头又给她买了什么礼物，兴致勃勃地等着胡光头给她看。胡光头拿出一个皮夹子，打开，掏出来，放在桌子上。马春花一看，脸色大变，说，胡光头，你搞么事，你从哪里搞的枪？胡光头把枪握在手里，一只手摸着枪说，有了枪，我们哪个都不怕。管他是哪个的天下，只要有枪，哪个都不敢惹我。马春花还是怕，她说，光头，枪不是搞着好玩的，你莫乱来。胡光头说，哪个乱来，我这枪是有来历的。马春花说，么事来历，你说我听撒，看你拿把枪，我怕得很，你又不是当兵的。胡光头把枪收起来说，你莫问，也莫说。马春花不问了，她晓得，胡光头不肯说的话，再问，胡光头也不得说。胡光头说，这时局，天下大乱，国民党和小日本干起来了，这天下是哪家的还说不定呢。马春花说，管他是哪家的，关我们么事。胡光头笑了起来说，所以说你个婆娘没见识，不管是哪家的天下，你要过好日子，非得跟政府搞好关系。国民党的天下，你要跟国民党好，小日本的天下，你要跟小日本好。马春花说，那现在怎么办？胡光头笑起来说，现在这个局势，哪家关系都要搞好。

胡光头是这么说的，也是这么做的。他是县城商会的会长，江城搞抗日救亡献金活动，他带着县城商会搞。商会开会，胡光头说，日本人打进来了，要是中国亡了，那我们全都是亡国奴，对不起先人。我听说了，日本人打到哪个地方，挖哪个地方的祖坟。我们商会，不能跟军人比，军人出命，我们出钱，坚决不能让日本人挖我们的祖坟。胡光头说得慷慨激昂，商会的人有的信，有的不信。不管信不信，他们都出钱，他们不想得罪胡光头。钱交到胡光头手里，胡光头造了名册，哪户捐了多少钱，写得清清楚楚。他自己也捐。马春花问，真捐？胡光头说，当然真捐，你以为我说着好玩？马春花说，我以为你想要商会的钱。胡光头摇摇头说，我胡光头是贪钱，哪个钱都可以贪，这个钱不能贪。胡光头拿着钱去了江城，到了江城，胡光头代表县城商会把钱捐了。拿了收据回来，胡光头对商会的人说，你们看，我没拿你们一分钱，都捐给政府了。这个政府，当然是国民政府。

不光响应国民政府，胡光头也干别的事儿。马春花记得，有次，胡光头半夜回来，带回来两个人。一进门，胡光头赶紧把门关上了，对马春花说，你去煮点面。马春花还以为是家里来了客人，去厨房煮面。胡光头带着两个人进了房，转身把房门关上了。马春花长了个心眼，站在门外想听他们讲什么。胡光头半夜三更地带人回来，不是第一次。只是这次两个人看起来有点不一样，斯斯文文的，跟胡光头不像一路人。他们在房间里嘀嘀咕咕的，说话的声音很小，马春花听不清楚。

煮好面，马春花去敲门说，面煮好了，你们出来吃。胡光头带着两个人出来，其中一个看着马春花说，嫂子，辛苦你了。说话的是外地口音，不是本地人，也不是江城的口音。马春花说，莫讲理，煮了个面，你们随便吃两口。吃完面，胡光头把马春花拉进房间说，这段时间要辛苦你了，他们要在咱屋里住段日子。

马春花说，屋里哪里住？胡光头压低声音说，我在楼上给他们铺张床，你早晚给他们送饭送水，见哪个都不能说屋里住了人。马春花听胡光头说完，有些紧张地说，这是些么事人？见不得人？胡光头说，这个你不管，也莫问，该告诉你，我会告诉你的。马春花说，不是杀人放火的逃犯吧？胡光头说，这个你不管，你按我说的做就好了。

胡光头楼上是放杂物的。那个时候，好些人家都是这样。楼下住人，楼上铺一层木板，放杂物，也没楼梯，上楼要搭梯子。胡光头把两个人藏在楼上，对两人说，对不住了，条件不好，你们先在这儿躲一段时间，等我想好办法，再送你们走。两人说，那麻烦你了。胡光头说，不客气，应该的。

两人住在胡光头楼上，马春花心里总是慌慌的。白天在屋里，两个人在楼上一点声音也没有，像是死了一样。每天，天还没亮，马春花爬梯子上去送饭。晚上等天黑透了，楼上的人偶尔下来一下。碰到胡光头不在屋里，马春花想问两个人什么，又不敢问。胡光头交代过，叫她莫乱说话，也莫多嘴。胡光头还是和平时一样，多半时间在江城。

过了两个多月，有天晚上，胡光头回来了，还买了肉，打了酒。把肉扔给马春花，胡光头说，把肉炒了，再做几个菜，我们哥儿几个晚上要喝酒。胡光头搭了梯子，上楼把两个人叫下来。等马春花炒好菜，三个人喝了酒，胡光头对两个人说，事情我都安排好了，明天下午两点的船。两人举杯对胡光头说，胡大哥，这段时间麻烦你了。胡光头忙说，都是自己人，说远了，这是我应尽的义务。只要你们平安，我就放心了。两人说，那我们大恩不言谢，后会有期。

吃完饭，喝完酒，胡光头带人走了。马春花松了一大口气。等胡光头回来，是两天后的事情了。胡光头回到家，马春花问，人送走了？胡光头说，走了。马春花有些好奇，问，那两个是什么人？搞得神神道道的。胡光头笑了起来，说，共产党。马春花吓了一跳，说，你帮共产党做事？你不晓得共产党和国民党是死对头？胡光头说，我晓得。马春花说，那你还帮共产党做事？胡光头摆了摆手说，有些事情，你不懂。

胡光头是个聪明人，也是个狠人，你莫说在走马镇，就是在整个县，也找不到一个比胡光头厉害的。因着这个原因，马春花说话做事也有排场。回到走马镇，别人的面子可以不给，马春花的不能不给。按理说，以胡光头的势力，给马天人找个媳妇应该不难。那是你不懂那个社会。

当时的中国，虽然乱成一锅粥，宗族观念还是很强的。马天人在走马镇，全镇的人都晓得他是个傻子，哪个都不愿意把闺女嫁给他。胡光头虽然有势力，还真不好强迫人家把女儿嫁给马天人。而且，马天人家里也比不得以前了，要是还在他爷爷那代，拿钱买个媳妇，也不是不可能，到他们手上，日子虽然还能过，买媳妇却也买不起了。为了马天人的婚事，马春花操了不少心，她只有这么一个侄儿，不能眼睁睁看着马家的香火就这么断了。她到处给马天人物色媳妇。去到人家家里，一看到马春花，人家开始还很热情，一听说她侄儿是个傻子，又不乐意了。也有人家乐意的，不是残疾，就是拖着几个孩子的寡妇。换成这样，马春花又不乐意了。她想给马天人找个正常人，马天人是个傻子，没个正常人料理，那日子没办法过。等到听说金芝的消息，马春花连忙回了走马镇，她找到马三友说，三友爹，这次你要做主，把这姑娘给天人，你不能眼看着我老马家绝了后。

马天人摆酒那天，胡光头放了一枪，也是马春花的主意，她对胡光头说，你吓吓她，不然她怕是想跑。胡光头本来不想放那一枪的，听马春花一说，也就同意了。喝完喜酒，胡光头对走马镇的人说，你们都晓得我胡光头是个什么人，我拜托各位父老乡亲了，要是看到天人媳妇往外跑，你帮我劝一声，我感谢你老。要是哪个看到不说，还想心思帮她跑的，你莫怪我胡光头的枪不认人。回到县城，胡光头找到会门头子说，帮我胡光头个忙，让各位兄弟盯着我侄儿媳妇，莫让她跑了，你也把话放出去，哪个要是看到她跑了不拉住，剁了他手脚，兄弟们的辛苦费，我少不了。办完事，胡光头对马春花说，我对马天人算是仁至义尽了。

马天人结婚后个把月，马春花回了趟娘家。马天人他娘见了马春花连忙搬了个凳子，让马春花坐下，给马春花倒了杯水。马春花喝了口水，问，嫂子，屋里还好吧？马天人他娘看了看房里说，还好，金芝比前段时间好多了，肯吃，就是不说话，你问三声，她也不应你一声。马春花笑了笑说，你莫急，等伢生了就好了，伢是女人的定心针，有了伢女人的心就定了。马天人他娘说，话是这样说，哪个晓得哪时才有伢。马春花说，伢的事也莫急，人在就好。马天人他娘说，我去叫金芝出来。说完，进了房里，大声对金芝说，金芝，你姑来了，你出来坐下。金芝说，那不是我姑。马天人他娘也不恼，说，莫瞎说，天人他姑么不是你姑呢？出来坐下。

马天人他娘把金芝从屋里拖出来，按在板凳上坐下。马春花看了看金芝，金芝头发梳好了，衣服也还干净，脸上没什么表情，看不出来在想什么。马春花多少有点愧疚，以马天人的人样，确实是糟蹋金芝了。要是她自己的姑娘有这个排场，你莫说马天人，就是胡光头那样的人家，她也不肯给。想到这儿，马春花心软了一下，她问金芝，你叫金芝？金芝点了点头。马春花伸手想拉住金芝的手，金芝把手缩了回去，马春花把手缩回来说，金芝，你莫说做姑的心狠，我不能眼看着马家绝了后，你给老马家生个一儿半女，我老马家世世代代记得你的恩德。金芝说，那我呢？那我么办？哪个心疼我？马春花说，你莫看天人有点毛病，还有我在，我有口饭吃，不会看你们饿着。金芝说，你莫装好人，好人都不在你老马家。

吃饭时，马春花有意无意地说起胡光头，一边说，一边拿眼睛看金芝。马春花说，大嫂，天人结婚那天你莫介意，胡光头是那个脾气，你也不是不晓得，有些事他见不得。马天人他爹说，没事，哪个还计较这些事情，都是一家人。马春花说，前些时间胡光头说了，他要去江城做生意，屋里的事他都交代好了，你们莫担心。马天人他娘说，那麻烦姑爷了。马春花给金芝夹了点菜说，金芝，你多吃点，我看你瘦得像根竹竿，女人胖点好，有福气。金芝低头吃饭，用筷子把马春花夹的菜拨开。

马春花说这些话的意思，金芝明白，马春花在威胁她，叫她不要跑，想跑也跑不了。金芝的身破了，心也死了。一到夜里，马天人贴过来，金芝一阵阵地恶心。马天人脏，身上有股怪味，像是一百年没有洗澡。她闭上眼睛，摊开四肢，任由马天人折腾，她只想早点结束，懒得反抗，她得把精力留着。她还是想跑。

从走马镇到江城，说远不远，说近不近，走水路和走旱路时间差不多。金芝想过，只要有船去江城，她给钱，船家让她上船的话，她就可以走了。走旱路是行不通的，一路上人太多了，可能她走不出一里路就会被人抓回来。在马天人家里住了一年多，马天人家里对金芝看得松了些，时不时让她出门走走，去镇上买买东西。金芝的肚子还是瘪瘪的，没有怀孕的迹象。

在镇上，金芝碰到过马天庄几次。每次，一看到金芝，马天庄的头就低了下去。金芝冲马天庄说，马天庄，你躲我搞么事？马天庄说，我没躲你，哪个躲你。等人少了，金芝对马天庄说，你对不起我，你心里有愧是吧？马天庄说，没这个事，我亏么事，我又没做坏事。金芝说，你没做坏事，是哪个把我从江城骗到走马镇来的？是哪个跟我说当天送我回去，是哪个说太阳落下就回江城？马天庄说，又不是我的主意。金芝说，那你也是帮凶，我跟你说，我恨你比恨哪个都恨得狠些。马天庄说，我晓得你恨我。金芝说，反正我也认了，这辈子也跑不脱。我跟你说，这辈子你都亏欠我的，你要还我。马天庄说，我怎么还你？金芝说，你拿钱给我买糖吃。马天庄笑了起来，说，你要买糖吃你直说撒，绕这大个弯子搞么事。金芝接过钱，塞进口袋，就走了。

到了夏秋，走马镇的荷花又开了，满湖红白的荷花，高高低低地藏在荷叶中间。马天人她娘划了条小船说，金芝，我们去摘莲蓬。在走马镇，莲蓬是没人买的，家家户户都不缺这个，即使送到县城，也没人买，沿湖的地方，莲蓬太多了，除开小孩子，没多少人吃。大人偶尔也吃，吃着好玩。他们看重的是莲藕，莲藕出来了，送到县城或者江城去卖，多少能换点钱回来。卖不完的，堆在屋里，过冬到春天，桌面上顿顿都少不了藕。除开炒着吃，还拿来焖饭，煨汤，甚至直接把藕蒸熟当饭吃。走马镇的藕跟别的地方的藕不一样，走马镇的藕是九个孔，别的地方的藕不是多一两个，就是少一个两个。一到走马镇的藕上市的季节，江城的市面上多是走马镇的藕，说是走马镇的藕煨汤又粉又香。

金芝跟马天人他娘划着船去摘莲蓬，马天人他娘撑船，金芝摘。马天人他娘把船划到荷叶中间，荷叶被船分开，船划过去后，荷叶又站了起来。马天人他娘说，金芝，你看这荷花好看不？金芝说，好看。如果在几年前，看到这片荷花，金芝会高兴得跳起来。马天人他娘看着荷花，说，金芝，你不晓得，为了这个湖，走马镇的男人跟南溪镇的打过几架，死了好多人，听老人说，湖里的水都染红了，这荷叶都吸了老马家的血。又指着红色的荷花说，你看那个，红荷花，红莲花白莲藕。红色的荷花好看，结莲蓬，藕长得不好，细，不着肉。白花看起来没红的好看，长藕。等到入了冬，挖藕时节，那藕都长熟了，比你腿肚子还粗。金芝摘了几个莲蓬，扔在船舱里。马天人他娘说，多摘几个，回屋里当零嘴吃，你在江城吃不到这么好的莲蓬。一说到江城，金芝的脸色变了，对马天人他娘说，不摘了，回去吧。

回到屋里，马天人他娘剥了莲蓬，把莲子外头的皮也剥了，手里拿着一把莲子米递给金芝说，金芝，你尝尝，甜得很。说完，往自己嘴里扔了一颗莲子。金芝没接，马天人他娘说，你吃撒，甜得很，记得把莲心吐出来，莲心苦。金芝把马天人他娘的手推开说，我不吃莲子。

不光不吃莲子，藕金芝也不吃。走马镇的莲藕出来了，家家户户饭桌上都少不了莲藕，金芝不吃。马天人他娘说，金芝这伢怪得很，不吃藕，你不晓得走马镇的藕儿好。江城人想吃都吃不到，你还不吃。金芝放下碗筷说，你莫跟我说江城，我听到心里烦。马天人他娘说，那好，不说了不说了，吃饭。

莲藕出来了，走马镇时不时有去江城的船。走马镇家家户户都有莲藕，吃不完那么多，得卖，往哪儿卖？县城近，卖不了价。他们去江城，反正乡下人有的是时间，也不怕浪费。金芝动了心思。

有天晚上，金芝对马天人他娘说，我出去下。马天人他娘说，你去哪儿？金芝说，刚吃完饭，我出去走下。马天人他娘看了金芝一眼说，你莫跑远了。金芝说，不得跑远。金芝去了马天庄屋里附近。等了半天，马天庄出来了。金芝小声喊了声，马天庄。马天庄扭了下头，问，哪个？金芝又叫了声，马天庄，你过来。看到金芝，马天庄犹豫了一下，还是走到金芝边上问，你有么事？金芝说，你么时候去卖藕？马天庄说，你问这个搞么事。金芝说，你卖藕带我一起去行不？马天庄脸色一沉说，你莫瞎说，我带你去搞么事。你回去，莫找我麻烦。金芝说，你怕么事，你敢骗我过来，不敢送我回去？马天庄说，金芝，我跟你说，你莫说我，整个走马镇，整个县没得哪个敢带你走，胡光头放出话来了，哪个要是敢带你走，把手脚都剁了。金芝拉住马天庄的手，一下跪在马天庄面前说，马天庄，你也不是不晓得我过的是么日子，你下得了这个心？马天庄赶紧把金芝拉起来说，金芝，你莫害我。金芝说，马天庄，只要你带我走，你要么事，我给你么事。说完，拉过马天庄的手，塞到衣服里面说，只要你带我走，我人都给你。马天庄的手在金芝的衣服里发抖。马天庄快三十的人了，也没个老婆，这怕是他第一次碰到女人胸前那两团肉。马天庄的手在金芝的乳房上抖了一会儿，硬生生抽了回来说，金芝，你回去，我不敢，我屋里还要我养。

卖藕的船出去了，又回来了。看到有人回来，金芝就问，你去了江城，看到我爹没？我爹找我没得？卖藕的人说，哪个晓得哪个是你爹，他脸上又没写个招牌。金芝又说，我家住在码头边上，我写封信，你带到码头，随便给个人，说是金家的闺女写来的，开布店的金家。卖藕的说，你莫开玩笑，你是嫌我手脚在身上放长了吧。金芝天天守在湖边上，见人就问，有看到金芝可怜的，对金芝说，金芝，回去吧，没得哪个敢带你走。

在湖边守了几天，金芝看到马天庄的船了，船上装满了藕，正准备出水。金芝看到马天庄，赶紧跑过去，马天庄看到金芝，说，金芝，你搞么事？湖边只有马天庄一条船。金芝跑到马天庄船上说，马天庄，你带我走，带我去江城。到了江城，我给你做老婆，我让我爹给你找个事做。马天庄把船拉到岸边系住说，金芝，你下来。金芝跪在船上说，马天庄，你不带我走，我就不下来，你要逼我，我跳湖里给你看。岸边上，马天庄也跪下了，对金芝说，金芝，你莫说我不想带你走，我死了不要紧，我一家老小个个都活不成，胡光头会杀了我全家。你不是不晓得，胡光头黑白通吃，他杀个人，比杀头猪还容易。两个人一个在船上，一个在岸上，对跪着。过了一会儿，湖边有人了，看到金芝，又看到马天庄。再过了一会儿，马天人他爹他娘来了，两个人都黑着脸，对金芝说，你下来！金芝跪在船上哭，马天人他爹叫了两个人，把金芝拖了回去。金芝一边挣扎，一边回头骂马天庄，你个畜生死的，你害我一生，我做鬼也不得放过你。

把金芝拖回来，推到房里。马天人他娘说，金芝，你到我屋里一年多了，我待你不薄，舍不得吃给你吃，舍不得喝给你喝。屋里几只母鸡，下几个鸡蛋，都给你吃了。你要将心比心，就是亲娘对闺女也没这好的。我图你个么事，我死了两眼一闭，么事都没得了。我是心疼你，我晓得我家天人对不住你，我替他补给你。到屋里都一年多了，就是块石头，也焐暖和了，你心么那硬呢？说完，马天人他娘哭了。等哭完了，马天人他娘说，没得规矩，你也没得相，你莫说我心狠，都是你自己作的孽。马天人他娘拿了根赶牛的鞭子，塞到马天人手里说，你个没得用的，自己媳妇都看不住，你么不死了算了呢？马天人拿着鞭子说，屋里没得牛，拿鞭子搞么事。马天人他娘说，打你媳妇，不打不成个样子。马天人拿着鞭子，半天没下手。马天人他娘说，你还舍不得下手？那我打给你看。马天人他娘从马天人手里抢过鞭子，一挥手抽到金芝身上，金芝没躲。又是一鞭子抽到金芝脸上，金芝脸上马上出了一条血痕。马天人他娘一连抽了十几鞭子，像发狠一样把鞭子扔到地上说，你个畜生死的，给我接着打。马天人捡起鞭子，没头没脑地抽在金芝身上。马天人是个傻子，手里没轻重，也不懂得哪里打得哪里打不得。金芝抱着头，在屋里乱窜，马天人握着鞭子，追着金芝打，一边打，一边喊，打得好，打得好，打死个卖屄的。

过了一会儿，马天人他娘过来，冲马天人喝了一声，莫打了，你想打死她吗？马天人放下鞭子说，打她，打她。马天人脸上都红了，满是兴奋的表情。他娘扇了他一个耳光，把金芝的衣服掀开一看，身上一道道的血痕，骂道，你个畜生死的，么下这重手呢？这是马天人第一次拿鞭子打金芝，打过这次，他上瘾了。这辈子，只有人打他，他从来没想过他还可以打人，鞭子让他获得了快感。

从水路走不了，金芝想走旱路。但很快，她死了这条心。她还没有走出走马镇，追她的人已经赶上来了。跑了几次，也被揍了几次，金芝死了逃跑的心。她明白了，只要胡光头还在，只要他还有权有势，她是跑不了的。胡光头的势力像一张网，把金芝网在里面，不管她往哪个方向跑，她终究还是在网中。

第四个故事

巨大的葵花

夜已经深了，站在老余家的阳台上，可以看到整个城市，城市的灯火暗了一些，远处黑黝黝的山影依稀可见，有月光。我们在阳台上吹了一会儿风，四个大男人，点着烟，睡不着，也不想睡。茶几上放着四个小小的茶杯，还有一个大的。茶喝了几泡，酒意彻底散去，认识这么久，我们第一次坐在一起谈起这样的话题，这让我们觉得陌生。

我回到茶几前，茶几上的烟灰缸装满了烟头。老谭又点了根烟，说，老马讲了半天，也累了，你先休息一下，我给你们讲个故事，我们单位的。

我们单位有个人叫老金。你们应该都见过，高高瘦瘦的那个。老金这个人和我不一样，我跟你们玩，没顾忌。老金讲究，很少和人一起玩。

有天，老金想约几个朋友吃饭。平常，老金是没这个情绪的，他不爱请人吃饭，尤其不爱和陌生人吃饭。碰到人家问他是哪个单位的，他总觉得不舒服，被逼得没办法了，就说，在民政局。要说这个回答也不算骗人，殡仪馆是民政局下属单位，说在民政局合情合理。要是有不识趣的还要接着问，老金就有些挂不住，往往会冒一句，你关心这个干吗？倒不是老金觉得自己的工作有什么对不住人的，有人不是说过嘛，工作只有分工的不同，没有高低贵贱之分，都是为人民服务。问题不在老金，而是听的人一听说老金在殡仪馆工作，脸色就变了，好像明天就要把他拖去烧了一样。老金见不得那个脸色。

老金有几个固定的朋友，也算是酒搭子，闲着没事，就聚一块儿喝点。老金喜欢和他们喝酒，放松嘛。况且，这么多年朋友，大家知根知底，没什么顾忌，饭桌上说什么、喝多少都没关系，反正谁都送过谁回家，谁都见过谁酒后失态的。更重要的是，他们见到老金，都是搂搂抱抱，嘻嘻哈哈的，让老金觉得没压力。老庞还给老金推荐过书，说有个美国人写了本《殡葬人手记》，一个劲地推荐给老金看。老金懒得看，老庞见老金一次问老金一次。老金只好推脱说，找不到，买不着。老庞一听，拍着胸脯说，下次我带给你，我有。下一次，再见到老庞，书没带，他也不提这话了。再下一次，当然还是没带，这事儿就算过去了。老庞，老张，老金，再加上老朱，这一桌子人就算齐了。

等老金赶到地方时，老张和老朱已经到了，正坐在那儿喝茶。天有些热，他们坐在马路边上。老张和老朱都脱了衣服，光着膀子在那儿聊。老金也把汗衫脱了，三个中年男人，都略略有些发福了，黄白的肚皮软塌塌地鼓起来。刚喝了杯茶，老庞到了，还带了一个人。见到老金，老庞说，介绍一下，我朋友符强兵，公安局的，你们叫他老符就行了。老金站起来，礼貌地和老符握手，心里有点不舒服。他本来想找几个朋友喝酒，现在冒出一个外人，让他觉得有些不方便，很多话不好说了。老张和老朱倒是无所谓，笑眯眯地和老符打招呼。

本来，老金约老庞他们几个喝酒也是有事要说的。说起来也是高兴的事儿，老金的书法在省里拿了个奖，还有三千块钱的奖金。哥儿几个，有日子没聚了，正好找这个理由聚一下。平时，老金很少给他们打电话，原因有二：其一，他日子过得不宽裕；其二，虽说是朋友，他还是怕人家忌讳。一般情况下，是别人打电话给他。人都坐下了，那什么都别说了，该喝喝吧，该聊聊吧。由于老符，老金表现得不太活跃。老庞说，老金，喝嘛，你干坐那儿干吗？说完，像想起什么事儿一样对老符说，对了，老符，忘了跟你介绍，老金，著名书法家。老庞一说完，老符赶紧举了杯子说，幸会幸会，书法家啊，那可牛屄了，我那几个字写得见不得人，以后要多向你学习。这是老符和老金喝的第一杯酒。

酒喝下去了，老金也慢慢放松了。几圈下来，老庞说，老金，难得你请我们喝酒，有事儿吧？老金笑了起来说，也没什么事儿，拿了个小奖，约哥儿几个聚一下。老庞、老张和老朱一听，来劲了说，那得祝贺一下，来来来，喝酒！再到后面，酒桌就热烈了。大家都拍着肩膀称兄道弟，别的什么事儿都忘了。酒到酣处，老符忽然举起杯子对老金说，老金，听说你在殡仪馆上班？老金愣了一下，老符笑嘻嘻地说，老金，你这个工作牛屄啊，人家管生，你管死，我们这帮老家伙迟早有一天要到你那儿报到。老符这么一说，老金觉得舒服了。本来就是嘛，人哪有不死的，生生死死多正常的事情，有什么好忌讳的嘛！话题转移到了生死方面，大家也都放开了。老金兴致也起来了，喝了几杯酒，老金笑嘻嘻地说，等你们死了，送到我那儿去，我给你们打个八折，找个美女给你们化化妆。一桌人都笑起来了说，老金，冲你这句话，我们再敬你一杯，为了八折，为了美女！

喝完酒，老金也把这事儿给忘了。该上班上班，该下班下班，有空练练书法。进殡仪馆之前，老金在一家公司当文员，整天抄抄写写，无聊得很。无聊倒是其次的，关键是收入不高，老金一大家子，日子过得紧巴巴的。幸好老金还有一门手艺，字写得不错。在这个小城市，老金算是著名的书法家了。经常有人请老金写个字，然后给个红包。钱不多，三百五百的，两百的也有。老金也不嫌少，反正写个字，也就是举个手的事情，有三五百总比没有的好。再后来，殡仪馆招人。

刚开始，老金没往那个方向想。还是老庞跟他说的，说民政局要找个懂书法的，他推荐了老金。老金听了一愣，民政局找懂书法的干吗？老庞挠了一下头说，老金，我跟你直说吧，殡仪馆要找个人写挽联。老金说，殡仪馆找人写挽联关我鸡巴事。老庞说，老金，你可别这么想，人家是正式聘用，事业单位编制呢。要不是有懂书法这个坎，多少人抢着去呢。老金说，那是他们的事。老庞摇了摇头说，老金，我问你，你在公司做个小文员，一个月拿多少钱？老板还把你当狗一样呼来喝去的，有意思吗？不如找个安稳的去处。老庞说完，老金说，我想去，人家也不一定要我嘛！老庞说，这个你放心，我找找人。回到家，老金把这事跟老婆说了一下，老婆倒是想得开，说，能去就去嘛，到哪里不是挣钱养家。再说了，要是真只写个挽联，还蛮快活呢。见老婆这么说，老金的心有些动了，给老庞打了个电话。

让老金意外的是竞争还很激烈。就一个岗位，几十个号称懂书法的报名，还有几个说是书法学院毕业的。照例是填表，填完表，每人现场写了一幅字。负责招聘的人说，你们回家等消息吧，就把他们给打发了。回来后，老金也没抱什么指望，他觉得其实无所谓的，反正他也不是多想得到那份工作。老庞却表现得比他更积极一些，还特地约了殡仪馆的馆长出来吃饭，言辞恳切地推荐老金，说老金不光书法写得好，文章也好，那是一专多能，哪儿都用得着。也许是老庞的推荐起了作用，老金最终还是去了殡仪馆上班。收入比以前确实是提高了，也稳定了。更重要的是，他是个有编制的人了。

殡仪馆有殡仪馆的规矩。人得严肃一点，不能整天嘻嘻哈哈的。来殡仪馆的都是死了人的，人家死了人，你还嘻嘻哈哈，那要不得。老金的工作确实是写挽联，关键问题是挽联写不了那么多，他还有空闲的时间，顺便把秘书的工作也干了，写写汇报材料、领导发言稿什么的。多半的时间，老金没什么活干，就在办公室练书法，大明大白的，不用躲着什么人，这也算是他工作的一种，说大一点，算是爱岗敬业。办公室宣纸是没有的，报纸不少，每天邮递员送一大沓过来呢。

老金就着报纸练书法，桌子边上放了一大堆字帖，从《多宝塔碑》到《爨宝子碑》一应俱全。让老金难受的是写挽联跟写书法是两码事，写书法基本上不受纸张的限制，爱写大一点写大一点，爱写小一点写小一点，但挽联不同，挽联都比较窄，字得写得细长，而且多半是楷书。老金的字原本是肥胖的，多是行草，现在得改。时间一长，老金发现他平时写字，也不自觉地把字写长了。刚发现这个问题时，他还有点苦恼，再后来，想开了，长就长一点嘛，也没什么大不了的。

原来，老金经常参加本地书法界的一些活动，比如展览、评奖，春节回报市民义务写春联什么的。进了殡仪馆，刚开始老金也参加，后来参加得少了。书法界的朋友不叫他是一回事，去了几次也觉得无趣，人家面前多少有几个人，他面前鸟都没一个。不是老金字写得不好，是人家心里还是有疙瘩。搞艺术，搞书法，多风雅的事情，一扯到殡仪馆，就变得有些阴森了。老金一想，去他妈的，那就不玩了！

生活中的朋友，剩下的基本都是死党。比如老庞、老张和老朱。他们几个算是闲人，年轻时多少赚下了些钱，投资了一些产业，买了房子、铺面，收收租混混日子也就完了。人到了这个年纪，大的追求也谈不上了。老庞喜欢喝酒，而且经常喝多。老金在殡仪馆隔三岔五要值班，值班时动不动接到老庞电话。老庞说，老金，你干吗呢？老金说，值班。老庞说，我过你那儿喝酒。老金说，好，等你。没一会儿，老庞来了。老庞是老金的朋友中，唯一一个来过殡仪馆的，而且来的还不是一次两次。倒不是说他家里经常死人，没有的事。他喜欢去老金单位喝酒。到了老金办公室，老庞很感慨，说，老金，你在这儿，什么道理都该明白了，什么都该放下了。老金说，是，那是。

老金值班都是晚上，老庞过来时多半月亮都明晃晃的。两个人到外面，就着花生米喝酒。月光洒在树上，让树都成了银灰色，地面的灰尘都看不见了，显得特别干净。风从树林中吹过去，周围一个人都没有，安静得只能听见他们两个说话的声音。喝完酒，按照惯例，老庞会到停尸房外看看。老金也不阻止，跟着他一起去。从停尸房的窗户往里面看，一具具尸体安静地停放在那里，面上盖着白布。每次到停尸房，老庞总是很感慨，老庞说，老金，你看，这些人生前可能有很风光的，也有连饭都吃不饱的，你看，他们都摆在那儿，有什么区别吗？什么都没有，死了就什么都没了。老庞说时，老金点点头。老庞说的这些道理，他都懂。他工作在殡仪馆，天天看到的就是这些，没可能不比老庞明白。等送走老庞，老金多半睡不着。他也会想一些问题。

老庞再打电话给老金，说老符想请他吃饭，老金一下子没想起老符是谁。老符是谁？老庞说，操，老金，你不是吧？老符你都不记得了，我一朋友，公安局的，前段时间还一起吃过饭呢。老金一拍脑袋说，哦哦哦，我想起来了。一想，又问，他干吗请我吃饭？老庞说，你别管了，先过来吧。照例是老庞、老朱和老张，还有老符和老金。饭桌上，老符说，老金，我家里新装修了，我想请你给写幅字。老金一口回绝了，这个我不写，我帮你找人写吧！老符却不依不饶地说，老金，我当你是兄弟了，我才找你写。老金说，不是这个意思。你知道吧，不合适。老符说，怎么不合适了，我就不明白怎么不合适了？老金说，反正我不写。老符急了说，老金，我是个共产党员，也是个无神论者，我不管你是干什么的，我冲着你这个兄弟，我请你写，就看你给不给这个面子。老金说，老符，这不是面子的问题。老符说，那是什么问题？老金能有什么问题，他总不能说他自己觉得自己的字晦气吧。

饭局散了。老庞拉过老金说，老金，这个你真不能怪我。我跟老符说了，他非要请你写，他说他就认定你了。老金对老庞说，老庞，我还是觉得不合适。老庞想了想说，老符自己无所谓，你能写就写了吧。

字最终还是写了，为了写老符这幅字，老金还特地买了极品四尺净皮。这么好的纸，老金平时是舍不得用的。写点什么，老金也费了一些心思，写个“春花秋月”什么的，老金觉得太俗了。想了半天，老金写了《金刚经》里的一句：“凡所有相，皆是虚妄；若见诸相非相，即见如来。”写完后，老金放心了。即使人家有什么想法，他有这句话，也算是做了交代。

由于这幅字，原本四个人的圈子变成了五个人。老庞自然是乐得见到这种场面的。老符把字裱了。房子装修好后，老符约老金还有老庞几个人去他家吃饭。一进门，老金看到了他的字，稳稳当当地挂在客厅中间。老金站在字面前，认真看了一会儿，上面的提款、印章和字都是他的，他却觉得有点不真实。那天晚上，老金喝高了。再后来，老金和老符成了哥们儿。老符说，老金，你还是没有放开，你心里紧得很。老金说，老符，我怎么看，你都不像个警察。

等到过年，老金回了趟老家。出来这么多年了，老金每隔两年三年回一趟老家。不算多，也不算少。老金老家是贵州的，山区，别的没有，山上野物还是有一些。从老家回来时，老金特地给老符带了一个腊麂子腿。以前，和老符一起吃饭，老金给老符讲过他老家，还有年轻时候打猎的事情。老金说，他年轻那会儿，山上到处都是野物，随便去山里转一下，总能打到点东西。老符是江汉平原的，除开兔子、刺猬，没见过大的野物。老金说，那太可惜了，那些东西真是好吃，现在想吃也吃不到了。老金说得老符口水都出来了。老金就笑，说过年我回去，要是碰到有，我给你带点过来。老符说，那可好。回到家，老金还记得这事。到村里一问，还真有。老金买了两条腊麂子腿，一条留给自己吃，另一条他准备送给老符。

一回来，老金背着包连家都没回，直奔公安局。到了公安局门口，老金对门卫说，我找老符。门卫说，你找哪个老符？老金说，符强兵。门卫从上到下看了老金几眼说，他走了。老金愣了一下说，那他什么时候回来？门卫又看了老金几眼。老金有些不耐烦，你看我干吗？我身上有宝啊，我找符强兵。门卫说，他走了，回不来了。老金有些生气，你这人怎么这样，我找个人，你阻三阻四地干吗呀？说完，老金说，我给他打个电话。老符的电话关机。老金还是不甘心，说，那我进去等他。说完，就往里走。门卫一边把老金往外推，一边说，你这人怎么这么不讲理呢，我说了，他走了，回不来了！老金说，什么叫回不来了，他就不来上班了？门卫也生气了，死了，明白吧？死了！老金一脚踢到门卫身上，大过年的，人家跟你有什么仇怨，要咒人家死！门卫一边躲闪，一边说，真死了，不信你去他家里问。老金身上一下子麻了，人也僵住了。

老金赶紧给老庞打了个电话，声音都在发抖，老庞，老符走了？老庞说，走了。前两天我给你打电话，你手机打不通。回到单位，老金看见了老符，他躺在那儿，脸色蜡黄。老庞和老张、老朱以及一堆老金不认识的人站在那里。老庞告诉老金，就在前两天，老符执行任务，被人一枪打到胸口，抢救了两三个小时，没抢救过来。老金给老符写挽联，送花圈的人很多，老金写了半个上午，一撇一捺，工工整整。写完挽联，老金突然想起了他们第一次喝酒的情形。那会儿，老金说，等你们死了，送到我这儿来，我给你们打八折，找个美女化妆。一想到这儿，老金头皮又是一麻，他扇了自己一个耳光。

老金给老符送了个花圈。送完花圈，老金去找馆长。馆长开着电脑在玩游戏，见了老金，馆长示意老金先坐下。老金在沙发上坐下，点了根烟。等老金的烟差不多抽完了，馆长的游戏也打完了。馆长看了老金一眼说，老金，脸色不太好啊！老金掐掉烟头，抹了一把脸说，有点累，没什么大事。馆长笑了起来，给老金扔了根烟说，今天有空到我这坐会儿？馆长的话里有点讽刺的意思。在平时，老金是很少去馆长办公室的，除非有事，比如交材料，或者签字什么的。老金岁数不小了，骨子里却还是有点傲气，用老庞的话说，半吊子文人，总是酸不拉唧的。馆长对老金其实不错，出去吃饭，应酬，总是喜欢叫上老金。要是换了别人，这种机会求都求不得，老金却不是。有空有心情去一下，没空没心情就不去了。馆长见人就说，我们单位的人才、书法家，文章也写得好。馆长的这份情谊，老金心里还是领的，面上却很少表现出来，说起来还是有点放不下。

馆长离开办公桌，转到沙发上挨着老金坐下，给老金倒了杯茶，边倒边说，你找我肯定有事，说吧！老金舌头抖了一下，有些说不出口。馆长拍了拍老金的肩膀说，说吧，只要我帮得上的。老金犹豫了一下，在进来之前，老金已经犹豫了半天，还是决定进来。老金说，老板，这样，能不能给符强兵打个折。馆长愣了一下，你什么意思？话说出了口，也就没什么障碍了。老金说，老板，外面那个，公安局的，能不能给打个八折？馆长放下茶杯说，老金，你没喝多吧？老金说，没，我好得很。馆长说，好得很，你说这种混话？什么叫给打个折？老金给馆长倒了杯茶，老板，这个不好说。馆长说，有什么不好说的，打折就好说了？我还没见过死人也讨价还价的。老金咬了咬牙说，老板，是这样。老金把事情说了一遍，等听完，馆长指着老金，一副恨铁不成钢的样子，老金啊老金，你让我怎么说你呢？什么玩笑不好开，开这种玩笑，我看你怎么收场。老金低着头说，老板，这个忙请你一定帮了。馆长喝了口茶，想了想说，这样吧，规定项目物价局定的，我想少也不能少。自选项目打八折。老金抬起头说，老板，这样不行。馆长说，怎么不行？老金说，我答应的是八折，这样一来就不是八折了。馆长急了，你怎么这么死心眼呢？你说八折不就是八折，谁知道呢？老金说，我自己知道。馆长说，那我就没办法了，我只能做到这样了。老金低声下气地说，老板，我求你了，要不然，我死了都没脸下去见他。馆长板着脸说，不要说这种话！

过了一会儿，老金说，要不这样，所有费用你给打八折。该给的钱我给，程序上就麻烦你了。馆长看着老金，指点着老金说，老金啊老金，你让我怎么说你呢！从馆长办公室出来，老金松了口气，心里默念了一下，老符，对不住，我也只能这样了，你在地下也不要怪我。

老符这事过去了，老金更加不爱出门。老庞打电话给他，他也很少去了。他实在是不想去。每天一下班，老金就回家。看看电视，看看书。在单位里，老金偶尔也出来转转，东走走，西看看。老金有更多的时间练字了。以前，他觉得他的书法路子有点野，到了该修身养性的年纪了。他买了些佛家的典籍，时不时读读。《殡葬人手记》也买了，作者是一个美国人，托马斯·林奇。老金从头到尾认认真真读完了，掩上书，老金觉得，他算不上一个合格的殡葬人。有些东西，他想得太浅了。再去写字，老金经常能飘起来，那一撇一捺似乎都有故事。

本地的书法圈，老金彻底不掺和了。这种状态对老金来说，也许是最合适的。他时不时会想起老符来，老符喝酒非常爽快，人也是。自始至终，老金都没闹明白，他和老符的好是怎么来的，他们似乎并没有说太多的话，更不要说什么掏心窝子的话了。说不清楚，真是说不清楚，这和爱上一个女人一样，没什么道理可言。老庞还时不时给老金打个电话，也还会到老金单位喝酒，话却是越来越少了。有一天，老庞对老金说，老金，你说，我们要是真死了，那怎么样？老金说，真死了，就什么都没了，就无所谓了。老庞说，话是这样讲，只要我们还活一天，哪能真无所谓呢。

大概有好几年时间，周围的人似乎都把老金忘了。等他们再想起老金时，老金已经不是当年的老金了，他成了著名的书法家。那几年，老金的书法在国内的书法圈声名鹊起，行家认为老金的书法看似笨拙，却是有禅意的。各种各样的说法铺天盖地，老金自己很少说话，也拒绝解释。有熟悉的书法家问起，他淡淡地说，我就是写字，我不懂书法。老金几乎不出去活动，每天上班、下班、写字。在网上和搞书法的同行做做简单的交流，参加一些省外的展览。等老金的书法拿到“兰亭奖”，本地又有人请老金参加活动了，请他写字的人也慢慢多起来。他们说，老金的字是参透了人生的，可以用来辟邪。

老谭讲完了，老余说，这个故事我听你讲过一次。你说的符强兵我好像也见过。老谭说，见过，你怎么没见过，还一起喝过酒的。老余说，老金是个高人啊，我看过他写的字，是有点邪气，乍一看，丑，仔细一看，有味道，越看越舒服。跟有些人不一样，有些人的字，乍一看漂亮，多看一会儿，就看散了，那字没神。老谭说，他的字我不好说，看不懂。这个人我觉得有点邪气，你看他那个样子，要神气没神气，要样子没样子，骨子里硬得很，这样的人，心里都苦，那个苦，只有他自己知道。老余接着说，老金这个人跟金芝老了时候有点像，都神神道道的。对了，老马，你刚讲到金芝被胡光头搞得跑不脱，后面的故事你还没讲呢。今天晚上主要听你讲。

我还在想老谭讲的故事，老谭这个人平时看起来大大咧咧的，其实心细。跟他这么多年朋友，他喝多的情况少，多半是他扛我回家。他讲的这个故事，我是第一次听。金芝和他讲的老金，没什么可比性，毕竟是不同时代的人了，经历的事情也完全不同。老金的苦和金芝的苦，苦处也不一样。我接着往下讲吧，关于金芝的故事。

前面讲了，金芝跑不脱。她想跑，但她跑不了，胡光头就像根绳子，把她绑在了走马镇。

那个时代，女人是靠男人，屋里男人没用，女人也受人欺负。马天人是个傻子，要他保护金芝，当个笑话听听也就算了。金芝走出去，总有人在后面指指点点，当她面，也没人说什么。毕竟还有胡光头，有胡光头在，还没人敢明着欺负她。明的不敢，暗的还是有的。

大家都知道，马天人是个傻子，干不了活儿，整天在镇上晃荡。有顽皮的后生见了马天人，就喊，马天人，你过来。马天人走过去，见人家手里有烟，想伸手去拿。后生围着马天人，拿着烟在马天人眼前晃，天人，你想不想抽烟？马天人就“嘿嘿，嘿嘿，想”。后生说，想啊，那我给你点上。后生把烟点上，马天人吸了一口，又被人抢走。马天人追着说，烟，我要烟。后生围着马天人说，天人，烟给你，我们问你话，你答，好不好？马天人说，好。后生压低声音说，天人，你跟金芝搞了没？说完，一只手比一个圈儿，另一只伸出根手指往圈里戳，满脸的坏笑。马天人看着后生说，你搞么事？后生急了说，你跟金芝搞过没？马天人说，搞，搞了。一群人眼睛都放出绿光来，搞了？你跟金芝搞了？马天人说，搞了。又有人问，金芝屁股白不？马天人说，白。人群哄笑起来，有嘴贱的问，金芝奶大不？马天人说，大。有人把烟从马天人嘴巴上抢下来说，天人，金芝都看不到奶，你还说她奶大？说完，比了个拳头说，金芝奶还没得拳头大。马天人说，你把烟给我，我的烟。你说老实话我就把烟给你。马天人说，嗯，真话。金芝屄紧不紧？紧。那你多久戳金芝一回？天天戳，天天戳。马天人把人扔到地上的烟头捡起来，猛吸几口。哈哈，天天戳，还天天戳。有人踢了马天人一脚说，你个狗日的，好屄给你戳了。马天人“嘿嘿、嘿嘿”笑。

这样的事，隔几天能来一回。金芝跟了马天人，跟他一起成了个笑话。碰到有人围着马天人，金芝掉头就走。她不想就知道，那是在谈她的性事。乡下人无聊，那个时候又没得电视看，年轻人也都在镇上，整天没事就谈这些。马天人成了大家的乐子。金芝来自江城，长得比镇上的姑娘清秀，皮肤白，身材也匀称，有人看到金芝，从上看到下，那眼光恨不得把金芝给剥了。要不是有个胡光头，估计马天人家的墙头都被人翻烂了。

为了这个事，马天人他娘打了马天人好几回。她拿着竹条子抽马天人的屁股，气得要死，骂道，你个畜生死的，你么不晓得廉耻呢？屋里的事，你跑出去说么事。你一辈子没吃得烟，你不吃烟会死？马天人也不躲。打完了，下次出去，有人问，还说。

这算是好的。

有年春上，马天人爹娘都出去了，剩下马天人和金芝在家里。门口有人走过来，又走过去。金芝看了一眼，转过身回房了，她晓得是在看她。过了一会儿，屋外有人喊，马天人，你出来下。马天人站起来，想往外走，金芝说，你莫出去。马天人看了看金芝，又看了屋外说，金芝不要我出去。外头笑起来说，马天人，你还是个怕老婆的货，你要是个男人，你就出来。马天人说，哪个怕老婆，我不怕老婆。说完，就往外走。金芝叫了声，马天人，你莫出去，他们欺负你，马天人扭头瞪了金芝一眼说，我不怕老婆，我要出去。金芝烦了说，你要去你去，你莫回来。金芝不要马天人出去，倒不是疼惜马天人，马天人死了都不关她事，甚至，她觉得马天人死了更好，说不定她就可以回江城了。她是不想马天人又出去跟人讲她房里的事情，丢人。

几个人站在门外，对马天人说，马天人，我晓得你怕老婆，你不敢惹你老婆。马天人说，我不怕老婆，我怕她搞么事。有人说，马天人，那你敢打你老婆不？马天人说，敢！金芝听到这话，赶紧把房门关了。这个傻子，不定做出什么事来。又有人说，马天人，你要是敢打你老婆，我给你包烟。马天人没答话。金芝冲窗外说，马天人，你莫听他们讲，他们欺负你。你回来！窗外又是一片哄笑，说，说吧，我说你怕老婆吧。马天人像是生气了，冲着屋里喊了声，你莫出声。金芝搬了个凳子，撑在门板后。外头的人说，马天人，你要是敢脱了你老婆裤子打她屁股，我们给你一条烟。金芝站在窗子边上，指着人骂，你们缺不缺德，这么多人欺负一个傻子算么本事？看到金芝，围着的人兴奋起来，指着金芝说，马天人，你老婆说你是个傻子，你是个傻子吗？金芝往窗外吐了口口水，撕心裂肺地骂道，姓马的，我日你先人八代！骂完，金芝趴在桌子上哭了起来。外头的声音一阵接一阵，马天人，我赌你不敢打你老婆，你没得用。你要是个男人，你打你老婆——

金芝听到有人踢门，门框边上，腾起一阵一阵的灰尘。金芝系紧裤带，手上拿了把剪刀，马天人要是敢打她，她跟他拼了。门垮在地上，马天人手里拿着根棍子，气势汹汹地站在门口，门外围着一帮看热闹的。马天人指着金芝说，你们看到，哪个说我不敢打她。金芝双手握着剪刀，对着马天人尖叫起来，马天人，你要是敢动手，我杀了你！马天人说，我要打你。金芝抬腿往外扑，即使捅不到马天人，她想跑出去。还没等金芝近身，马天人一棍子砸在了她手上，金芝惨叫了一声，剪刀掉到了地上，马天人一脚把剪刀踢开，又一棍子打到金芝腰上，你杀我，你想杀我？马天人一脚踩在金芝脖子上说，你个卖屄的，我打你。马天人一拳头一拳头往金芝身上砸，金芝叫骂道，马天人，老天不收你，老天瞎了眼啦，老天么不早点收你，留得你祸害我。围观的人叫了起来，马天人，打你老婆屁股！把她裤子脱了，打她屁股！金芝双手抓紧裤带，在地上扭成一团。马天人扯着金芝的裤带，要脱金芝的裤子。裤带没解开，马天人把金芝的裤裆撕开了，又用力一扯，金芝下身露了出来。金芝指着马天人骂，马天人，你么傻得帮别个打你女人啊，个个想看你女人出洋相，你不晓得啊。马天人没理睬金芝，继续撕着金芝的裤子。金芝哭了起来，除了哭，她想不到别的办法。马天人脱光金芝的裤子，一脚一脚踢金芝的屁股，金芝整个下体赤裸裸地露在人前。

看着周围的人，金芝突然跳了起来，你们想看，你们想看是吧？我给你们看，我给你们看个饱。说完，金芝像疯了一样，把身上的衣服往下扯，脱得光溜溜的。她光着身子，跑到人前，抓着人的手说，你看啊，你看啊，你不是想看吗？来，我给你摸。说完，把人的手往她的胸前，她的下体上拉。旁边的人被金芝吓住了，哆嗦着往后退，看金芝的神情，像是疯了。金芝叫了起来，你们不是天天问马天人戳我没？你们哪个想戳，我躺到地上给你戳。说完，金芝躺到地上，张开双腿说，来啊，哪个想戳，来戳，我给你戳，我张开腿给你戳。金芝的眼泪流了出来，她脸上沾满了灰尘，泪水流过去，一道道的痕。马天人拿着棍子站在边上，看着金芝，又看了看周围的人，突然笑了起来，你们要给我一条烟，我打了我老婆屁股。周围的人“哄”的一声散了，马天人丢下棍子，追了过去，烟，烟还没给我！

马天人他爹娘回来，肺都快气炸了。当天晚上，他娘去了县城。第二天上午，胡光头和马春花来了走马镇。胡光头让马天人他爹搬了张桌子放在门口，胡光头一只脚踩在板凳上，看了看四周，有人在边上张望，不敢过来。胡光头大声说，你们都听到，哪个做的事，哪个给我站出来。你莫等我查出来，我给你一个时辰，站到我面前来。过了一个时辰，莫怪我胡光头发狠。听到的把话给我传出去，我在这儿等到。

过了一会儿，来了一个，一见到胡光头，就跪到地上，一边扇自己耳光，一边说，姑爷，我晓得我错了，我不该。胡光头笑了起来说，现在晓得你不该了，早搞么事去了？你莫吭声，跪到。来了一个，又一个，过了不到一个时辰，桌子前面跪了一大排。胡光头说，时辰到了，你们互相看一下 ，人齐了没？跪在地上的互相看了一眼，没敢吭声。胡光头对马天人他娘说，嫂子，你叫金芝出来。马天人他娘进了屋，过了一会儿，出来说，姑爷，金芝不肯出来。胡光头想了一下说，那叫天人过来。马天人走到胡光头边上，叫了声姑爷。胡光头一个巴掌扇到马天人脸上，你还晓得叫我姑爷？我脸被你丢光了。说完，指着地上说，你也跪到。马天人赶紧跪在地上。胡光头说，你看看，昨天的人齐了没。马天人看了看，说，齐了。

听说人齐了，胡光头在桌子前面坐下，对围在旁边的人说，你们说么办？犯事的家长看着胡光头说，姑爷，我们摆酒，赔礼道歉。胡光头说，这个是肯定的，屋里有猪没？家长都点头，有，有猪。胡光头说，摆酒要杀猪，晓得不？晓得，晓得，姑爷放心。胡光头又看了看四周说，三友爹，你看么办？马三友摸了摸胡子说，姑爷，这个事情对不起。马三友指着地上跪了一排的后生，姑爷你想么办么办，我们是没得办法。胡光头说，三友爹，你没得办法，那我帮你教育一下。我晓得三友爹是个读书人，知书达理，本来这个事情轮不到我管。你老威望高，我该听你的。这个事情，做得过分了。以前，你们拿天人开玩笑，莫以为我不晓得，我想都是乡亲，你们后生开个玩笑，也没得么事。你们敢玩得过分，那是没把我胡光头放在眼里，你们以为我是个死人？

胡光头看着排头一个说，你摸了没？排头的哆哆嗦嗦地点头，又摇了摇头说，不是我要摸的，是金芝拉我手摸的。胡光头笑了起来说，那是金芝看你长得人才，想你摸是吧？排头的赶紧摇头说，不是，不是的。胡光头说，你哪只手摸的？排头的伸出左手，又伸出右手。胡光头问，两只手都摸了？排头的说，没，就一只手，一只手。胡光头说，把手放地上。排头的伸出左手放在地，手不停地发抖。胡光头掏出枪，用枪口顶着排头的左手说，是这只手吧？排头的吓得赶紧给胡光头磕头说，姑爷，我晓得我错了，你莫打我手啊。家长也跟着跪下了。胡光头摸了摸排头的头说，你莫乱动，莫搞得枪走火了。又对跪下的家长说，你们莫跪，不关你们的事，我帮你们教育一下子女。胡光头踩住排头的手指，用枪顶着手掌说，我让你长点记性，不是哪个都是你能欺负的。枪响了，排头的叫了起来。胡光头松开脚，排头的捧着手，手掌穿了一个洞，血肉模糊。胡光头看着剩下的人，虎起脸说，你们都晓得了，老子的人也是你们能欺负的？哪个手动的，给老子把哪个手伸出来。

那天，胡光头一共开了八枪。开完枪，胡光头坐到桌子边上，一只手握着抢，一只手指着跪在面前的后生说，你们都给我记好了，再让我听到这种消息，就不是打手了！说完，又看着犯事的家长说，你们有没意见？都摇头。胡光头说，没意见就好，废一只手总比丢一条命好。记得摆酒，莫不记得杀猪。说完，带着马春花回了县城。

经过了这件事，金芝算是过上了几年安稳日子。那几年，金芝一连生了三个儿子。

有了儿子，金芝算是有了个依托。她的心思都放在了儿子身上。大儿子出生后，金芝很担心，马天人是个傻子，金芝怕儿子也是个傻子。金芝生大儿子时没奶水，靠磨米糊把儿子养大的。大儿子刚生下来，金芝看了一眼，没看第二眼。马天人他娘把孙子抱走了，放在金芝那儿，她不放心。

多少年后，金芝坐在槐树底下对人说，你们不晓得，我看到我大儿，心里蛮不舒服。为么事呢？你们都晓得我的身世，我是被骗到走马镇来的，我一直想跑，跑不脱。本来给人家做媳妇，就羞耻，又生个伢，更羞耻。伢生下来，我那时是没得力气，要是有力气，我想一把掐死他，要不丢到盆里溺死，我看不得那个伢。马天人他娘聪明，晓得把伢从我身边抱走。

大儿子满月了，没怎么近过金芝的身。马天人他娘整天抱着孙子，乐颠颠的，见人就说，我老马家有后了。金芝的月子是马天人他娘伺候的，他娘说，金芝，你给我生了个孙子，你是我老马家的恩人啊，我们世世代代都记得你的好。你想吃么事，你跟我说，我去给你办。金芝扭过头说，我不想吃。马天人他娘说，莫瞎说，坐月子不看好，日后落得一身的病。金芝坐月子，马天人他娘杀了十几只鸡。当时，走马镇坐月子的，没哪个吃的鸡有金芝多。金芝没奶，金芝不急，马天人他娘急，她说，你么没奶呢？他娘掀起金芝的衣裳，又放下去说，金芝，你奶没通。他娘让马天人他爹去湖里摸鲫鱼，说是鲫鱼发奶。马天人他娘炖了个把月的鲫鱼汤，金芝的奶还是没来，身子倒是丰韵了一些。看着金芝，马天人他娘说，没奶就没奶算了，看到你长好了，我也舒服些。磨米粉的事情，也是马天人他娘做的。他娘心细，来来回回要磨上十几次，磨得细了，匀了，再煮熟喂给孙子吃。虽说没吃奶，孩子长得还肉鼓鼓的。马天人他娘抱着孙子递到金芝面前说，你看，脸色多好。

每次看到儿子，金芝心里都很复杂，说不清楚。其实，她想抱抱儿子，让儿子靠在她的怀里，怎么说，儿子都是她身上掉下来的肉。几个月了，儿子没近过她的身，她想抱抱儿子。金芝对马天人他娘说，你把我儿子给我。马天人他娘看了看金芝，金芝说，你放心，我不得害他，他是我生的。马天人他娘把孩子递给金芝，不肯走开。金芝抱着儿子，摸了摸儿子的脸，滑滑的。金芝对着儿子笑了笑，这是金芝来走马镇几年第一次从心里笑出来。儿子突然也咧开嘴对金芝笑了。金芝的眼泪一下子流了出来，她晓得，这辈子，她怕是离不开走马镇了。

刚开始，金芝还怕儿子有什么问题，一岁，两岁，儿子和其他的孩子一样，会叫“娘”了，会调皮了，金芝的心算是放了下来。有了儿子，金芝在走马镇也安定了下来。就像马春花说的一样，伢子是女人的定心针，有了伢子，女人就安定下来了。几年下来，金芝没收到江城的消息，家里人怕是当她死了。有时候，金芝会想起丹尼，还有江口的教堂。到处都在打仗，也不晓得丹尼回国没有，教堂还在不在。这些事，对金芝来说，像前世一样久远，远得像一个梦，像是从来没存在过。

听人说，日本人打到了江城，现在的江城是日本人的天下。金芝在走马镇也看到过江城的人，一个个面如土色，纷纷投奔乡下的亲戚，想在乡下躲过战火。金芝去湖边洗衣服时，经常出神，荷花还是一到夏天就开，去江城卖藕的人绝了，说是江面上都是军舰，动不动朝江上的船开枪。县城去江城的船，被日本人打翻了好几条，人死了几百。马春花回走马镇也说，县城被日本人占了，胡光头现在在给日本人做事。马春花说，你们在乡下也小心些，谁晓得日本人会不会发神经跑到乡下来。金芝说，县城也有日本人？马春花说，哪里没得日本人，到处都是。胡光头也没得办法，日本人逼着他做事，他也是有头有脸的人，他不出头，场子撑不起来。金芝问，日本人多不？马春花说，多倒不多，一共没得几十个人，平时都在县城，很少到乡下来。总之，你们小心些，日本人不是好东西，县城都被他们搞乱了。

在走马镇，金芝没什么朋友，不要说朋友，想找个说话的人都难。她是外地人，还是被人从江城骗过来的。金芝的底细，走马镇的人不晓得，看她的样子，像是读过书，不像大家闺秀，又不像平常人家的女儿。有妇女想和金芝说话，又怕金芝笑话，硬生生把话压在了肚子里。她们见到金芝倒是客客气气的，眼睛里总有些同情。在湖边洗衣服碰到了，有妇女跟金芝打招呼，金芝，洗衣服啊？金芝点点头，蹲在石头上，搓衣裳。

平时，湖边洗衣服是很热闹的。走马镇大大小小的新闻在湖边聚合，扩散，到每家每户。女人嘴巴长，不外乎讲家长里短的。日本人打进来了，湖边的话题严肃了些，爬墙头的事儿讲得少了。大家都怕，都怕日本人打到走马镇来。南京的事情她们都晓得了，说是日本人打进南京城，杀了几十万人，南京城的人都死光了。不光杀人，还强奸妇女，几十个日本人奸一个女人。讲的人讲得心惊胆战，听的人也吓出一身汗。有女的骂，要是我，我就自杀，不得让日本人近我的身。边上有人接过话说，哪个不晓得自杀，怕是被日本人抓住了，想死也死不脱了。他不得手，他能让你死？也有的说，日本人跟畜生一样，强奸完了，还要把女人肚子剖开，把头割了，挂在枪头上。有的问，日本人要是打到走马镇来么办哦？走马镇穷，日本人不得来。哪个说的，不是说日本人都到了县城，哪个晓得他们跑不跑到乡下来？最好莫来，来了害死人。

看到金芝，有女人问，金芝，听说江城被日本人占了，你屋里有消息没？金芝说，我屋里没得哪个管我，怕是当我死了。女人说，你莫伤心，这个世道兵荒马乱的，等太平了，你屋里人会来找你的。再说了，你有儿子伢了，有儿了，你也有依托，不怕了。金芝转过头，洗衣服，儿子的小衣服小裤子，都是她缝的，针脚走得歪歪扭扭的。金芝把手浸在水里，湖水清凉，干净，看得到湖底的沙。

金芝抱着儿子，碰到过马天庄几次，马天庄看到她的样子，像是有话要对他说。马天庄看着她怀里的孩子，又看看金芝，眼睛里有些暗。金芝拍着儿子的背，不肯和马天庄说话，她还记得她求过马天庄，让马天庄带她回江城。她还答应马天庄，只要马天庄把她带到江城，她就给马天庄当媳妇。金芝说那话是真心的，那时，她的身破了，嫁给别个，她不敢想。至于马天庄，人长得还算周正，看上去有一身的力气。就算在江城打苦力，他们也能养活自己，但马天庄拒绝了她。

晚上睡了，金芝想到马天庄，翻来覆去睡不着。凭她的感觉，她晓得马天庄有话跟她说，至于要说什么，她不知道。走马镇小，碰到一个人不难。金芝碰到马天庄好些次了，以前，马天庄没用这种眼神看她。想到这儿，金芝心里暖了一下。她起身，拍了拍儿子的胸口，给儿子盖好被子，出门了。

到了马天庄家门口，金芝弯到马天庄房间窗子前，敲了敲窗子，马天庄问，哪个？金芝没应话，又敲了敲窗子。马天庄起身打开窗子一看，有些吃惊，金芝？金芝压低声音说，你莫作声，出来，我有话跟你说。马天庄轻手轻脚地开了门，又把门带上。马天庄说，金芝，你有么事？金芝说，是你有么事。又朝四周看了看说，这里说话不方便，我们到山上说，你到山上大松树那里等我。

山在走马镇的西面，山上长满了松树，有两棵大的，走马镇上的人称之为松树王。走马镇的人上山砍柴，砍哪棵树都行，这两棵树，枝都不得动一根。从马天庄家里到山上，要不了十几分钟。马天庄先走了。金芝等了一会儿，从另一条路上山了。那天晚上，天有些黑，月亮只有弯弯的一钩，勉强能看得到路。上山时，金芝被树枝钩了几下，她一个人走夜路，还是有些怕。离大松树近了，金芝看到个人影。见到金芝，马天庄赶紧跑过来，牵着金芝往山上走。到了松树底下，金芝说，莫坐到这里，显眼。马天庄说，那你跟我来。马天庄把金芝带到山后的一条沟里，沟里长满了高高低低的灌木，两个人往下一坐，影子都看不到。

马天庄坐在金芝边上，离金芝尺把远，金芝说，你坐过来，我是妖怪吗？还能吃了你不成。马天庄挪了挪屁股，凑到金芝边上。金芝说，你这些天看我有些怪，是不是有话要跟我说？金芝看着马天庄。跟马天人比，马天庄好看多了，浓眉大眼，胳膊上都是一团团的肌肉，身子也直，不像马天人弯腰驼背的。坐在马天庄旁边，金芝体内有欲望升起来，跟月光一样，一直飘啊飘。

金芝说不清她对马天庄的感觉，她恨马天庄，是马天庄把她骗到走马镇的。当年，她愿意上那条船，很大一部分原因是因为马天庄长着一张让人信任的脸。马天庄看着金芝，搓着手，坐立不安的样子。金芝往马天庄身上靠了靠说，马天庄，我问你，我给你做老婆，你要不要？马天庄的呼吸粗重起来。金芝问，你说嘛，你要不要？马天庄粗声粗气地说，要。金芝笑了起来，你这些天为么事这样看我？你不怕胡光头了，他要是晓得你想我的心思，你看他不一枪把你鸡巴打烂了。马天庄说，我没想心思，我是有话跟你说。金芝说，那你说撒，我听到。马天庄抬起头，望着金芝，样子有些可怜。看到马天庄的样子，金芝心软了。她拉过马天庄的手，塞到自己胸前，说，你摸摸，我晓得你没得女人。让马天庄摸了一会儿她的胸，金芝又把马天庄的手塞到她裤裆里，对马天庄说，你没摸过女人这里吧？她伸手抱住马天庄的腰。出来之前，金芝想好了，她要和马天庄睡一觉，如果要生孩子，她情愿给马天庄生个孩子。

马天庄压在金芝身上，金芝说，马天庄，你没搞过女人吧，我给你搞。说完，去解马天庄的扣子。马天庄突然哭了起来。金芝给马天庄擦了把眼泪说，天庄，莫哭，我晓得你可怜我，你嘴里不说，我心里明白。走马镇，也就你一个人可怜我。你要我吧，我给你。马天庄翻过身，从金芝身上下来，抽了自己一个耳光说，金芝，我对不起你，我不是人。金芝坐了起来说，天庄，你怎么了？我不怪你了，我情愿的。马天庄说，金芝，不是这个事。

整理好衣服。马天庄低着头说，金芝，我跟你说个事，你莫怪我。金芝说，你说。马天庄说，你来了走马镇，每年我去江城卖藕，我都帮你问过你屋里的事。金芝说，哦，那有么事。马天庄说，第一年，我没找到。我跟人家说，我找姓金的，在江口开布店的。人家说，那么多姓金的，我晓得你找哪个。后来，我跟人说，屋里丢了女儿的那个，以前在江口打金子的。这么一说，有人晓得了，说，哦，你说老金啊。老金惨啦，女儿丢了，老金为了找女儿，把布店都卖了，还是找不着。我跟着人家，找到你屋门口。你屋里没得人，我记了位置，在你屋里门口放了一筐藕就回来。我再去江城，在你屋里看到你爹了，他在屋里坐到发呆。我跟他打招呼，他问我，你是哪个？我骗他说，我是你徒弟。我晓得他徒弟多，肯定不晓得我是哪个。我说，我给你送点藕，放到屋里了。你爹说，那多谢了。看到你爹，我想跟他说，你在走马镇。思前想后，又不敢，胡光头的狠，你也是晓得的。我心里还想，我每年给你屋里送藕，你屋里的人应该也会想，是哪个送的藕。吃了这个藕，他们应该晓得这藕是走马镇的，应该能想到走马镇哪个给他送藕呢？他在走马镇也没得亲戚。金芝把马天庄的头扭过来，擦干马天庄的眼泪说，天庄，这个不怪你，换了哪个也不敢。你有这个心，我都感激不尽。马天庄接着说，后来我听人说，你爹瞎了，看不清。金芝眼泪也流了下来。我今年去江城，好不容易找到你家，江城在打仗，你也晓得。我找到你屋里，你屋里没得人。我问周围的人，都说，你屋里搬走了，不晓得搬到哪里去了。这兵荒马乱的，怕是找不到了。金芝头也低了下来说，我晓得，都逃难了，哪个不怕死。马天庄看着金芝说，金芝，还有个事，我说了你莫哭。金芝说，你说。马天庄说，金芝，我听人说你爹死了。金芝一听，一下子哭了出来。马天庄犹豫了一下，伸手抱住金芝说，金芝，都是我害了你。金芝倒到马天庄怀里，抱着马天庄，像是马天庄是她世间唯一的亲人。马天庄把头压在金芝头上说，金芝，你爹临死前说，到死都没看到你一眼，他闭不上眼。你屋里头一直在找你。

回到屋里，金芝抱着儿子，眼泪一滴一滴地落在儿子身上。

天亮了，金芝把儿子塞到马天人他娘怀里说，你抱到伢，我要去买纸钱。马天人他娘看着金芝说，又不是清明，不时不节的，你买纸钱搞么事？金芝说，我梦到我爹了，他托梦给我了，说他死了好几年了，屋里头没得人给他烧纸钱，小鬼每天打他。马天人他娘说，你莫瞎说。又看了金芝一眼，金芝眼睛红红的，脸色也不好。马天人他娘叹了口气说，你去吧，不管真的假的，你有这个心，你爹也安慰。说完，对金芝说，你多买几包，替天人也烧点。

纸钱买回来，金芝到了湖边，把纸钱烧了。金芝望着江城的方向说，爹啊，是我错了啊，我不该不听你的话，我作孽啊。爹啊，你在天上要是晓得，你莫怪我。等我死了，我再给你端茶倒水赔罪啊。

第二年春上，金芝对马天人他娘说，你给我块地。马天人他娘看了看金芝说，金芝，你在屋里带伢，田地的事，不要你做。金芝说，我要地种向日葵。马天人他娘说，你种向日葵搞么事，没得收成。金芝说，我爹叫金葵，我拜不了他的坟头，我给他种一块向日葵。我爹活着时，最爱吃葵花子。金芝他娘说，金芝，你这是何必呢？人都死了。说完，想了一下说，屋里还有片坡地，给你种吧。

坡地在南边，土少，地里埋满了大大小小的石头。金芝先把石头清了，往地里挑土。金芝没干过农活，挑土把肩头都磨破了。马天人他娘说，金芝，你让天人帮你挑。金芝说，我不要他挑，我自己挑。挑了一天的土，金芝晚上脱下衣服，看看肩头，皮破了，肿了一大块。第二天早上，金芝到了地里，地里的土多了一些，还平整了。又过了一天，地里堆了几担渣粪。金芝下了种，浇水。

向日葵长得很快，到了夏天，向日葵的花盘有人头那么大，金黄的花瓣朝着太阳。金芝抱着儿子，站在地里对儿子说，儿子，你外公叫金葵，你晓得不？他最喜欢向日葵了。你要记得他的名字，没得他，就没得你。离金芝的向日葵不远的地方，也有人种了一片向日葵。有风吹过来时，两片向日葵纷纷摆动，像是在打招呼。金芝晓得那片向日葵是谁种的，那是马天庄家的地。

从那个时候起，金芝每年都种片向日葵，一直种到大集体时代。那时候，地都是公社的了，金芝依然在门口种几棵向日葵，看到向日葵，她像是听到她爹在天上跟她说话。金芝又生了两个儿子，生到第三个。金芝的肚子没再大了，像是冬眠了一样。

至于马天庄，金芝半个月或者一个月，跟他见次面，都是晚上。跟马天庄见过面，金芝能撑上十天半个月，让她觉得日子不至于那么难熬。他们两个的事情，走马镇上的人可能有人知道，也可能没人知道。兵荒马乱的，不太平，都懒得关心别个的事了，先把命保住，把肚子喂饱，这才是头等大事。马天人他娘肯定是知道的，晚上起来，孩子在哭，屋里没人，那么夜了，出去能干什么？他娘见到金芝不问也不说，她是过来人，能理解，换了哪个女人嫁了马天人都不安心，更何况金芝。有些事，不消说得那么明白。金芝也晓得马天人他娘晓得。她对马天人他娘说，你放心，伢子是马天人的。马天人他娘说，你莫让别个指到脊梁骨骂我屋里人就行，别的事，我不管，也管不了。

这一晃，多少年过去了。先是日本投降了，接着新中国成立了，一个新的时代到来了。

第五个故事

在尘世

一九四九年五月，县城传来消息，说国民党跑了，江城没得人管，共产党出来主持大局，怕是要换天下了。走马镇的人听到这些消息，倒也没乱。日本人占领江城时，县城也被日本人占了，有人去了县城，回来说，县城还是那个县城，没多大变化。走马镇上偶尔能看到日本人扛着枪走来走去，墙上贴着告示。贴完告示，日本人回县城了。后来，日本人打败了，县城挂上了国民党的旗，说天下又是国民党的了。现在听说国民党跑了，走马镇的人也没觉得惊奇。

又过了些天，新的消息传来，解放军四野从江阴区进入江口区，仗都没打就把江城解放了，指挥四野的是一个叫林彪的黄冈人。日本人打败了，国民党跑了，走马镇上的人议论纷纷，说天下是共产党的了，仗怕是打完了。别的不说，只要仗打完了就好。打仗苦的是百姓，走马镇偏僻，不管是日本人时期，还是国民党时期，走马镇都没受到多大的干扰。影响当然也有，交通不便了，出去一趟也麻烦了。

江城解放了，金芝没想那么多。她想的是，她可不可以回江城。国民党跑了之后，胡光头也消停了下来。以前，胡光头大部分时间待在江城，江城解放了，胡光头回了县城。这一回来就没再出去，县城的活动，他很少参加。只在县城宣布解放时，胡光头出面组织了个活动，表态热烈欢迎解放军进驻县城。马春花回来说，县政府成立时，共产党的县长找过胡光头。县长说，县城百废待兴，作为地方名流，胡光头要支持新政府的工作。胡光头也表了态，只要政府需要，他胡光头万死不辞。为了表示诚意，胡光头还特地去了县政府，捐了十根金条。一说到金条，马春花一脸的心疼，她对马天人他娘说，十根金条啊，多少年就攒下这点家底，全捐给新政府了。

听到马春花这样说，金芝心里一凉。日本人在，胡光头给日本人做事。国民党在，胡光头给国民党做事。现在，共产党来了，胡光头一出手就是十根金条。这十根金条，怕是胡光头的礼金，他还是倒不了。胡光头一天不倒，她一天回不了江城。在马天人家，金芝生了三个儿子，跟以前比，金芝自由了。她再自由，也出不了走马镇。对别人来说，是换天了，对金芝来说，这天换来换去，跟以前没什么区别。

到了一九五〇年，风暴终于来了。对金芝来说，一九五〇年是她一辈子也不能忘记的。

那年，县城开展镇压反革命运动。县城的街道上，到处贴满了镇反运动的告示，说国民党反动派贼心不死，在各地潜伏了大量的特务，他们时刻企图东山再起，破坏新政权。告示还说，镇反运动不仅要打击潜伏的国民党特务，还要打击土匪恶霸，对新政权有威胁的坏分子。政府的告示上说，欢迎群众举报，对国民党反动派、土匪恶霸、坏分子要一打到底，绝不留情。

胡光头和马春花一起回了一次走马镇，两个人的脸色看起来相当不好。马春花对马天人他爹说，哥，我们回来到爹娘坟头烧个香。马天人他爹吓了一跳说，姑爷，出了么事？你莫吓我。胡光头闭着嘴巴，没说话。马春花看了胡光头一眼说，县城搞得乱七八糟，怕是要出大事了。说完，马春花哭了起来。马春花这一哭，把金芝也吓了一跳。金芝到走马镇这么些年，每次见到马春花，她都是趾高气扬的，没见过她丧气的时候。金芝认真看了看马春花，她手上的金镯子不见了，耳朵上的金耳环也摘了。再看她的衣服，换成了土布的。金芝没敢问马春花出了什么事情。烧完纸，胡光头和马春花连饭都没吃就回了县城。

快到过年时，镇上有人从县城回来，看马天人一家眼色有些异常。马天人他娘对他爹说，他爹，怕是出事了，你去县城看看。马天人他爹去了县城，等他回来。一回屋里，反手把门关上，马天人他娘见状，吓了一跳说，大白天的你关么事门？马天人他爹擦了把眼泪说，姑爷怕是活不成了。他娘说，你说么事？马天人他爹带着哭腔说，县城满街都是告示，说姑爷是国民党潜伏的特务，杀了不少共产党员。听人说，姑爷已经关到牢里了，过了年要枪毙。听他爹说完，马天人他娘也哭了起来，问马天人他爹，你去看春花没？她人么样？马天人他爹说，我不敢去，姑爷都要被政府镇压了，我去她屋里，怕说不清楚。马天人他娘抓了他爹几把，哭叫着说，你么能这样呢？姑爷对我们有恩，春花还是你妹妹，你么下得了这么狠的心？马天人他爹大口大口地抽烟，任由马天人他娘抓他。

过了年，到了正月十五，县城召开审判大会，各个镇都要派人参加。马天人全家跟着去了县城，包括金芝。这么多年，这是金芝第一次离开走马镇。审判大会是在县城中学开的，黑压压地站满了人。台上站着几个穿军装的人，其中一个像是当官的，手里拿着高音喇叭，念一个名字，宣读罪行，然后宣布审判结果。他每念一句“枪决”，台下就响起一片热烈的掌声。念到“胡为财”时，金芝看到胡光头被推到了台上，两个解放军战士站在他两边，押住他的手，迫使他的腰弯下来。接着，金芝听到了“枪决”两个字和呼啦啦一片掌声。

开完审判大会，解放军押着犯人去县中学后面的山洼里执行枪决。围观的人跟在解放军的后头，一个个喜笑颜开，像过节一样。金芝听到了一声，两声，不记得多少声枪响。一听到枪声，她身上的力气都跑光了，整个人瘫软在地上。

金芝听不得枪声，她出生那天，迎接她的是枪声，她半辈子，都是在枪声中度过的。金芝是怎么回到走马镇的，她已经不记得了。金芝坐在槐树底下说，在县城，我看到解放军把胡光头枪毙了，胡光头那么大个男人，一颗子弹就把他打死了。金芝伸出小指头，比着一截小指头说，就这么大一颗子弹，胡光头就倒在了地上，血从胸口呼呼地流出来。要说胡光头，硬是个男人，那天枪毙的人，除开胡光头个个脸色寡青，还有人尿了裤子，要解放军扛着，胡光头是自己走过去的。我不怕血，一听到枪响，我就么事都不晓得了。听的人有人问，金奶，你恨胡光头不？金芝说，恨，哪个不恨，当年最恨的就是胡光头。要是没得胡光头，我总有法子跑得回去。这些年都过去了，不恨了，他都是做鬼好些年的人了，恨一个死人，没得意思。

胡光头被政府枪毙后大半年，马春花回了走马镇。马春花打着个包袱，进了门，马天人他爹看到马春花吓了一跳说，春花，你么回来了？马春花说，我过不下去了。马天人他娘给马春花倒了杯水说，春花，你莫难过，你在屋里住段时间。马天人他爹瞪了马天人他娘一眼。一家人吃了晚饭，关了门，马春花开始哭。马天人他娘说，春花，你莫哭，人死不能复生，要看到往后，日子还要过。马春花拉着马天人他娘的手说，大嫂，我也不想哭。

你不晓得，在县城，我连哭都不敢哭，怕别个说我想为国民党特务翻案，说对抗政府。马天人他娘拍了拍马春花的手说，那你哭吧，回来哭总能哭几声，一场夫妻，哪个没点恩情。再说了，姑爷对你么样，我们都看得到。马春花哭了半天，停了下来，说，有些事情，你们不晓得，胡光头是个么样的人，别个不晓得，我晓得，他不是个坏人。

政府说胡光头是国民党特务，我跟他夫妻几十年，没看他拿过国民党的钱。胡光头是个么事人，我最清楚。他不就是想混口饭吃？人在乱世，哪个晓得将来是哪个的天下。你说胡光头给日本人做事，我承认。他在日本人那里做事，也不是没做好事。要不是胡光头，日本人怕是隔不了几天就要到乡下来。日本人的作风你们不是不晓得，走到哪儿抢到哪儿，看到女子，还要祸害。胡光头在县城，想方设法稳住日本人，不让他们出来害人。他请日本人吃饭的钱，喝酒的钱，好些都是他自己掏的。以前在江城，胡光头赚点钱，那也是拿命换来的，他拿命换来的钱请日本人吃饭喝酒，他不心疼我还心疼。后来，日本人打跑了，国民党又来了，县上好些事情，不都是胡光头组织人做的？靠国民党那几个人，能干得成事？哪晓得，等共产党来了，胡光头成了国民党特务，他要是国民党特务，他搞么事不跟国民党跑了？说他潜伏，他县城土生土长的，个个晓得他在国民党手下做过事，他么潜伏？我当时还跟胡光头说，要不跟国民党一起跑了算了，他还不肯。他说，他也是给共产党做过事的，相信共产党讲道理。有些事我没跟你们说，当年，有两个共产党在我屋里躲了两个多月，我天天天没亮给他们送饭，哪个晓得还落得这样报应。

马天人他娘说，姑爷帮共产党的事跟政府说了没？马春花说，说了，胡光头主动跟政府说了，政府要他拿证据。胡光头那会儿只想到救人，哪个还想到要拿证据，共产党在我屋里吃住了两个多月，胡光头欠条都没要他们打一个，还想办法买船票，送他们出去。马天人他爹说，胡光头没问他们名字，有个名字也好找些。马春花苦笑了一下说，你莫说没得名字，就算有名字，哪个晓得是真名字还是假名字。胡光头跟我讲过，他们接头都不问身份。这两个人不晓得还活在不活在，要是活在，我死活要找到他们，让他们还胡光头一个清白。马春花的话一出口，马天人他爹紧张起来说，春花，你莫乱说，莫乱搞，要相信政府。马春花骂了声，相信个屁，他们拿了我屋里十根金条还没还回来，我迟早问他们要。马天人他爹制止了马春花说，你莫乱说，胡光头死了，你也想死不成！马春花说，我活得也没得意思，早死早跟胡光头见面。马天人他娘抱着马春花肩膀说，春花，你莫胡思乱想，你头先不是说了，你还要找到那两个人，还胡光头一个清白吗？

他们说话，金芝坐在旁边听，没插话。听了马春花的话，金芝想笑，按马春花的说法，胡光头还是个好人了？还是有功的人了？她也不想想，胡光头这么些年下来，都干了些什么事情？县上哪次死人少得了胡光头的份？不管是日本人，还是国民党，只要杀人，胡光头都脱不得干系。胡光头的狠，金芝是见过的。金芝到死都记得，胡光头那天开了八枪，把八个后生的手活生生打烂了。胡光头死后，他们时不时把手伸到金芝面前说，金芝，你看，你记得这是哪个打的吧？胡光头打的，你姑爷打的。金芝明白，胡光头做这个事情，根本不是为了主持正义，更不是为了她，他只是看马春花的面子，维护他们马家的声誉，也省得他们以后受人欺负。金芝恨那些后生，但她还是觉得胡光头过了，手一残，这八个后生的后半生差不多也废了。多年后，事实证明确实如此，这八个后生，有两个打了一生的光棍，还有三个娶的是残疾老婆。另外三个当时已经结了婚，算是好的。

胡光头死了，看到马春花的样子，金芝心里觉得舒服，政府给她出了一口恶气。没得哪个再能拦住她了，她可以回江城了。金芝想，只要她愿意找，她总是可以找到家人的。虽说过去了二十年，那些事金芝相信还有人记得，街坊邻居，总还有住在那里的。

马春花在屋里住了几天，就走了，她看出来了，马天人他爹不想她继续住下去。马春花那时一身的晦气，个个恨不得躲她八丈远。马春花这一走，再也没有回过走马镇，这个地方，她没什么好留恋的了。

镇反运动结束不久，金芝对马天人他爹他娘说，我要回一趟江城。马天人他娘看了金芝一眼说，你到底还是要回去了。金芝说，我本来就不是走马镇的人，我是被人骗过来的。马天人他娘叹了口气说，十几年，我贴心贴肺地对你好，还是暖不了你的心。现在你要回去，我们也拦不了你，新社会了，有政府给你做主。说完，又说，你回去可以，伢你不能带走，我们再吃苦，也要把伢带大。金芝看了看三个儿子说，我又没说我回去不回来。马天人他娘说，我晓得你是不得回来了。金芝把小儿子抱在怀里，抿了抿嘴，努力不让眼泪流下来。

决定回江城之前那夜，金芝找到马天庄，对马天庄说，她要回趟江城。马天庄低着头说，你是不是不回来了。金芝说，我不晓得。马天庄想了想说，那我明天送你回去吧。金芝摸了摸马天庄的脸说，天庄，你也四十多的人了，碰到合适的女人，结个婚，莫等我，你等不到。马天庄把金芝的手拿下来说，我不想结婚。

金芝决定回江城是在八月，她包了几件换洗的衣服，带了两双鞋。出门前，特地梳了头。对着镜子，金芝看到镜子中的自己，她很久没有认真地看过自己了，镜子中的女人，脸上有了皱纹，皮肤粗糙。她来走马镇时，还是个少女，等她再回江城，已经是三个孩子的妈了。临到出门，小儿子追上来，抱着金芝的腿。马天人他娘把小孙子抱过来，抹了把眼泪，转过身进了房里。金芝看了马天人一眼，马天人耷拉着脑袋，蹲在地上，用树枝拨弄着地上的蚂蚁。看到马天人，金芝觉得她必须回去，回江城，马天人把她对儿子最后的一点依恋也打碎了。

马天庄的船在湖边等金芝，上了船。马天庄扔给金芝一个银镯子，金芝说，你把这个给我搞么事？马天庄说，那是我奶给我娘的。金芝把镯子戴在手上，举起来问马天庄，好不好看？马天庄用力地划船。正是八月，湖面的荷花又开了，一连几里。只有它们，一到季节就开放，不管是谁的天下，也不管人世的生死离合。金芝伸手到湖里捞起一把菱角叶，摘了几个菱角，没吃，又扔到水里。到走马镇快二十年了，金芝没吃过藕，没吃过菱角。二十年前，金芝顺着这条水路来到走马镇，走过这片湖面时，金芝是绝望的。二十年后，金芝要沿着这条水路去江城，她不知道在这条路的尽头，等着她的是什么。抬眼望过去，能看到金芝种的向日葵，向日葵长得正好，巨大的花盘对着太阳。在她种的向日葵不远，还有一片向日葵。看着这两片向日葵，金芝的眼泪忍不住下来了。

船到了码头，码头没变什么样子，和金芝小时候看到的差不多。金芝坐在船上，半天没动身。码头是老样子，她不知道她走上码头，看到的会是什么。马天庄坐在船尾看着金芝。金芝扭过头说，马天庄，我走了。马天庄走过来，从兜里掏出几张票子，塞到金芝手里说，也不晓得你能找到你屋里人不，多带点钱。说完，马天庄又说，你要是找不到屋里人，你就回来吧。金芝没说话，临走，才说了句，天庄，你莫等我。

上了码头，金芝没回头。她一直走进桥洞里，回头也看不到江面时，才大声哭了起来，好像要把这些年所有的委屈都倾泻出来一样。等哭完了，金芝回到她小时候少女时期住的房子，屋子倒了，没有人了。金芝在附近走了一圈，没看到一个熟悉的人。当年住在这里的人，都走了。即使没走的，也不记得这里住过一个叫金葵的人。金芝又去了江口区，当年的法国梧桐还在，经过这么多次战争，它们还在那里。金芝沿着当年布店的位置往前走，她看到了教堂和钟楼。这些年，教堂和钟楼的样子一点都没有变，还是和以前一模一样。金芝去了教堂，看门的对金芝说，没得人了，新社会了。

从教堂出来，金芝想起了丹尼。很多年前，她和丹尼坐在教堂的树下，丹尼说，金芝，你很美丽。现在，丹尼在哪里？他还能记起一个叫金芝的中国女孩儿吗？也许他死了，谁知道呢。全世界都在打仗，没有人能逃避死亡。

好些年以后，金芝又回了趟江城，她来到教堂时，教堂是开着的。年轻的牧师带着金芝参观教堂，当年的壁画，大部分都修复了。金芝看着那些画，想起好些年前，她的手按在钢琴的琴键上，发出“咚”的一声。然后，出现丹尼那张漂亮的脸。那次，她又看到了丹尼年轻的脸，真的，不是幻觉，丹尼在墙上，微笑着，望着她。金芝指着画，声音颤抖着问，这个画的是谁？牧师说，哦，那是丹尼，法国人，这个教堂最早的牧师。金芝说，我知道他叫丹尼，我还知道他是个胆小鬼。牧师摇了摇头说，不，你错了，他可不是个胆小鬼。金芝笑了起来说，你知道他现在在哪儿吗？牧师用手指了指天上说，他在天堂，回到了上帝那里。牧师看了金芝一眼，问，你认识他？金芝说，不认识，我小时候见过他。牧师说，愿主保佑你。金芝又看到了抱着圣子的圣母。

在江城待了五天，金芝回到了走马镇。马天人他娘看到金芝，连忙接过金芝的包裹说，你回来了？回来就好，回来就好，我给你煮面吃。金芝趴在桌子上哭了起来，马天人他娘说，金芝，你哭么事，有么事你说撒，你莫哭。金芝一直哭，一直哭，哭得马天人他娘手足无措。

金芝临死前那几天，对围在身边的人说，你们晓得我为么事又回了走马镇吧？身边的人都摇头。金芝摇了摇扇子说，说出来你们都不信。

那次回江城，我费了好大工夫，把我两个弟弟找到了。看到我，他们两个像是不认得我。我对他们说，我是你姐，金芝。你们记得吧？他们看着我，站在那里没动。我以为他们是不认得我了，过了一二十年，发生了那么多事，我也变了样子，认不出来，也正常。我说，我是你姐啊，你们都是我抱大的，你们不记得了？过了一会儿，他们像是认出我来了，抱着我哭，说爹娘都死了，爹死的时候眼睛都不肯闭，说是见不到你死不瞑目。

那时候，我两个弟弟都结婚了，条件也不好，住在平房里头，跟以前江阴的棚子差不多。第二天早上，他们带我去爹娘坟头烧纸，说爹的眼睛可以闭上了。回到屋里，我跟他们讲，讲我这些年受的苦。他们听我讲，听得眼泪扑簌簌地往地上掉。等我讲完了，他们问我，姐，你有么打算？我说，我是不会再回走马镇了，我不得回去了。听我说完，他们两个都没说话。过了几天，我才晓得，他们不想我回去，嫌我丢了爹娘的人。我也想不通，我么样丢人了？我是杀人还是放火了，我么坏事都没做，么样就丢人了呢？我晓得他们怕丑，怕别个晓得我的事，看不起他们。他们宁愿我这个姐姐死了算了，死到哪里都好，就是莫回江城，莫在他们眼前。

一想到这个事，我就想哭。要是我爹娘还在，他们不会这样对我。那个时代，我爹舍得给我读书，他要是在，肯定不会让我再回走马镇。爹娘死了，我在两个弟弟屋里住了几天，两个弟媳的脸色我看不得，好像我是个脏东西，搞么事都躲着我，洗个脸，都不跟我用一个盆。她们两个嫌我，我忍得，我没想到我两个弟弟也嫌我。住了几天，我两个弟跟我说，姐，要不你还是回去，你伢都有了，这大个年龄，回江城搞么事呢？我晓得他们是嫌弃我，我晓得，我一想到这个事就想哭。

金芝一边说，一边抹眼泪。听的人说，金奶，你莫哭。你看你老现在不是蛮好？要是在江城，还不晓得你老有没得这个福气。你三个儿都孝敬，你要么事他们给你买么事，跟我们比，你老福气好啊，莫哭了。

回了走马镇，金芝不肯再跟马天人同床，两个人分开睡。有时候，马天人来敲金芝的门，金芝就冲门外喊，你死远些，莫来烦我。马天人要是还闹，金芝就喊。一喊，马天人他娘就起来骂马天人，你个畜生死的，半夜三更闹么事撒，还不滚回去困到。金芝在房里，望着窗外，不晓得这日子还怎么过下去。她不想再跟马天人过了，现在的走马镇跟以前不一样了，共产党的干部进了镇里，提倡新风，地主恶霸都被打倒了。

故事讲到这儿，我也累了，停下来抽了根烟。老丁看着我，盯了我半天说，老马，你这个故事从哪里听来的？我说，不记得了，随便讲讲，你们也就随便一听。老丁端起茶杯摇了摇说，老马，你老实说，你讲的是不是你家的故事？我愣了一下说，谁说的？你别以为姓马就是我家的。老丁说，我刚才看到了，你讲到动情时，眼泪都快出来了。你这么没心没肺的人，讲个故事，哪里需要这么动感情嘛，肯定是你家里的事。

我打断老丁的话说，你莫插话，让我把故事讲完。

除开镇反运动，一九五〇年还发生了另一件大事，《婚姻法》颁布了。在《婚姻法》颁布之前，乡下的妇女是不知道女人可以和男人离婚的。中国提倡男女平等，要追溯历史，可以追溯到明朝，明朝有个叫李贽的，文学家，思想家，一堆的头衔，他提出男女平等，个性解放，原话怎么说的不清楚，大概是这个意思。据说他家的儿女是可以自由恋爱的，不用看老爷子脸色。不过，仔细想想，即使老爷子让他家儿女自由恋爱，想来也是艰难，就他一家自由恋爱，别人家的姑娘小伙子还得媒妁之言，单方面搞，成功率肯定不高。再说了，明朝礼教森严，男女交往的机会少，估计李贽这些想法，也就能纸上谈谈，实践的可能性是不大的。新文化运动时期，文化大跃进，提倡不纳妾，一夫一妻，真这么做的人，也少。到后来，离婚的事儿也有，比如著名的徐志摩，但大家想想也明白，那是上层人士的风流韵事，跟底层的老百姓搭不上边的。

走马镇上，不管哪朝哪代，除非男人死了，或者男人把女人给休了，否则，女人是离不了婚的，也没听说过离婚这玩意儿。一九五〇年的《婚姻法》对走马镇影响不大，那会儿，镇反的声浪高涨，动不动听到县城枪毙反革命的消息，跟人命比，婚姻是个小事。等镇反完了，大概是一九五三年，走马镇上来了工作组，名字叫“贯彻《婚姻法》工作小组”。组长姓贺，长着一把大胡子，镇上的人都叫他贺胡子。别想多了，不是贺龙。贺胡子喜欢喝酒，更喜欢说话，一喝多了，话就更多了。贺胡子看起来是个粗人，心却很细，一到走马镇，放下行李就到各个村里转，打听情况。贺胡子说，党和政府关心妇女，颁布《婚姻法》就是给广大妇女撑腰的。工作小组这次下来，主要是为了开展贯彻《婚姻法》运动月，广大妇女有什么问题，随时可以找他，不要怕，有政府给你撑腰。不管哪个人，腰再粗，能粗得过政府？贺胡子特地提到了胡光头。贺胡子说，胡光头胡作非为这么多年，最后怎么样？还不是被政府给镇压了！

当时搞这个运动，并非毫无必要。那会儿，尤其是在乡下，养童养媳的情况非常普遍，童养媳一般都是穷人家的闺女，三岁五岁送到男方家里，毕竟不是亲生的，乡下人势利，难免下手有点狠。还有指腹为婚的，碰到一方残疾，另一方也只能认了，至于大媳妇小丈夫的故事，想必你们也听过不少。这些事儿，多半是女方吃苦头，要说没有怨气，那是假的。我后来查过资料，一九五一年到一九五六年，全国离婚的夫妻有六百万对。你想想，那是个什么概念？刚解放，多少年仗打下来，人口锐减。全国人口大约是五亿，这五亿人里面，除开老的小的，还有多少？离婚的有六百万对，也就是一千二百万人，想想就吓人。

贺胡子在镇上搞了一个礼拜的运动，没得人找他闹离婚。贺胡子急了，想抓个典型，这一抓就把金芝抓到了。贺胡子找到金芝说，金芝，别个不离婚，你也不离婚？贺胡子把金芝叫到镇上，给金芝倒了杯水说，金芝，你的事情我了解清楚了。以前，有胡光头在，你有难处，我们都能理解，现在是共产党的天下了，有党和政府给你撑腰，你不要怕。有什么想法，大胆地说出来。旧社会迫害妇女，妇女遭虐，尤其是你们乡下的妇女更遭虐。现在不同了，新社会了，男女平等，提倡婚姻自由。你屋里马天人是个什么情况，你比我们更清楚。我晓得你是从江城被骗过来的，你莫怕，有事情跟我说，我给你做主。

从镇上回来，金芝一路在哭。她哭共产党怎么不早点到走马镇来，要是早点来，把她解救了，她还能回江城。现在，她都四十岁了，孩子都有三个，江城她回不去了。到了屋里，马天人他娘问，金芝，贺胡子找你搞么事？金芝说，贺胡子搞么事你不晓得？马天人他娘说，那你怎么说？金芝说，我能说么事，我能做得了主？马天人他娘说，我还不信了，政府能逼人离婚！

贺胡子跟金芝说的话，把金芝的心说动了。跟了马天人这么多年，吃了多少苦，受了多少罪，金芝自己晓得。这么多年，每天晚上睡觉，金芝都会做噩梦，听到一点什么声音，就惊得坐起来。她哭了多少回了，眼泪都快流干了。等她快死心了，共产党进来了。共产党一来，金芝那颗快死的心又跳了起来。

金芝找了马天庄，还是在山上。金芝对马天庄说，贺胡子找我了。马天庄的头低着，不敢看金芝。金芝把马天庄的头捧起来，摆正，看着她。望着马天庄，金芝说，马天庄，我要是离婚了，你要不要我？你晓得，江城我是回不去了，三个伢我也放不下。过了一会儿，马天庄说，金芝，你要是离得了婚，只要你肯，我的心思你是晓得的。那天晚上，有很好的月光，山上的草木随风飘荡。金芝望着月亮，那个晚上的月亮，很圆，很亮。看着马天庄，金芝下定了决心。

想了两天，金芝找到贺胡子说，贺组长，我要离婚，我不跟马天人过了。贺胡子看着金芝，笑眯眯地说，想通了？想通了就好。政府保护你，给你权利。你要懂得，莫一辈子给人做牛做马，给人欺负，还不晓得自己也是个人，还心安理得。金芝说，我不晓得么办，我要离婚。贺胡子说，别的事，你不操心，我帮你搞，只要你肯离婚，政府肯定会保护你的，我们不能看着我们的姐妹们活在水深火热之中，也不伸手拉一把。说完，对金芝说，金芝，你有这个觉悟，说明你还是个明白人。你回去吧，明天早上，我去你屋里。

第二天一早，贺胡子带着几个人去了马天人家里。马天人他娘远远看到贺胡子，连忙把门关了。贺胡子带着人到了马天人家门口，喊了声，屋里有人没？金芝坐在房里，马天人他娘在堂屋，都没吭声。贺胡子凑到窗子边上，往屋里看了一眼说，金芝，你把门打开，我晓得你屋里有人。金芝起身，想去开门，马天人他娘说，你坐好，莫动。马天人他娘冲着门外说，贺组长，你来搞么事？贺胡子拍了拍门板说，你先把门打开。马天人他娘说，有话你说，我听到。贺胡子踢了门一脚说，你把门打开。胡光头都被我们镇压了，你还想对抗政府不成？马天人他娘说，哪个是政府，我对抗哪个政府了？贺胡子说，我就是政府，你不开门，就是对抗政府。贺胡子又踢了门一脚说，你赶紧把门打开。一听到胡光头这个名字，马天人他娘底气立马泄了，她有些不情愿地把门打开。贺胡子进了屋里，朝四周看了看说，马天人呢？马天人他娘说，出去了。贺胡子朝房里喊了声，金芝，你出来。

贺胡子自己搬了个板凳，坐了下来，同来的几个人站在他边上。马天人他娘没搬凳子，也没倒水，她坐在那儿，等贺胡子开口。贺胡子看了看金芝，又看了看马天人他娘，说，我来的意思，你们也都晓得，我就不多废话了。金芝要离婚，你们莫搞三搞四。党和政府的政策你们是晓得的，跟政府对抗没得好果子吃。马天人他娘看着贺胡子说，贺组长，有个事情我不明白。古话说，宁拆十座桥，不拆一座庙。宁拆十座庙，不拆一门婚。我不晓得你们共产党是怎么想的，活生生要拆人家的婚。听马天人他娘说完，贺胡子笑了，指着马天人他娘鼻子说，你还有脸说拆婚？你马天人是个什么人你不晓得，按理说，像马天人这种人就不该结婚，害了人家姑娘伢。再说了，这个婚是怎么结的，你不晓得？你莫跟我装糊涂。马天人他娘说，那都是新中国成立前的事了，金芝伢都三个，小的也到处跑了。贺胡子说，就是因为旧社会妇女受压迫，我们才要解放妇女，共产党打天下为么事？就是为了解放全天下受苦受难的百姓。我们要是看到百姓受苦受难理都不理，那我们跟国民党有什么区别？马天人他娘说，你莫跟我讲大道理，大道理我不懂，反正我们不离婚。贺胡子拍了一下桌子说，我给你讲道理，你莫当耳边风。我问你，要是你是金芝，你么想？金芝要是你女儿，你么想？做人么能这么自私，只想到自己，不想到别个。马天人他娘说，那我不管。

这个事情由不得你。贺胡子转过头看着金芝，对金芝说，金芝，你自己是个么想法，你说出来。金芝头低着，声音很小，金芝说，我没得意见。听完金芝的话，贺胡子大声说，金芝，你没得意见是么意思？你是对离婚没得意见，还是对不离婚没得意见。你把话说清楚。金芝说，贺组长，我昨天说得很清楚了。

等贺胡子走了，马天人他娘问金芝，金芝，是你想离婚？金芝点了点头说，是我想离婚。马天人他娘说，金芝，你有没得良心？你到了我屋里，我们一屋人把你当个宝，地里的事不要你沾手，好吃好喝的样样先给到你，你还要么样？你莫逼我。金芝突然叫了起来说，你要我么样？伢给你屋里生了三个。你马天人是个什么东西，你不晓得？哪个女的肯跟他睡到一个被窝？你晓得吧，我晚上起来，看到马天人躺到边上，我死的心都有。十几二十年，你不晓得天天夜里头我是么过来的。马天人他娘说，你们分床都几年了，还说这个搞么事。金芝说，我不管，我要离婚，我不要再跟马天人睡到一个屋里头。我到外头捡破烂，睡屋檐，我也不跟马天人过了。

马天人他娘说，你是不是找到人了？金芝没吭声。马天人他娘说，你莫以为我不晓得，我晓得是哪个。金芝看了马天人他娘一眼说，你晓得又么样？马天人他娘说，你莫逼我，你要逼我，我去跟贺胡子说，说你偷人，我看你离不离得了这个婚。就算你离了，我看哪个敢要你。金芝笑了起来说，你去说，你跟全镇的人去说，你说我跟马天庄偷情偷了几十年，你看哪个信？你去说撒，你说你三个孙子都是我偷回来的野种，我看是你丢人还是我丢人？我是不怕了，我丢人也不是这一回了，跟了你马天人，我哪天不丢人，我哪天不被人笑？

马天人他娘的一番话，更坚定了金芝离婚的决心。她对贺胡子说，贺组长，话我已经说了，政府要给我做主，莫让人看我笑话。贺胡子说，放心，你这个婚肯定要离，我还要树你当典型。金芝说，我不要当典型，我只要离婚。

贺胡子又到马天人家里去了几次。贺胡子说，我跟你们说清楚，这个婚，你们肯不肯都要离。要是你们还认识不清楚，把你们抓到牢里去。旧社会，你们仗着胡光头迫害妇女，现在是共产党的天下，容不得你们放肆。去了几次，马天人他娘说，离吧，离吧，你要离就离吧，三个伢你莫想要。马天人他娘到底没把金芝和马天庄的事说出来，这个脸他们丢不起。

和马天人离婚，手续很简单。贺胡子带着金芝和马天人去县城办了几个手续，盖了几个章，婚就离了。拿到离婚证，金芝哭了。原先千难万难的事，办到底，几张纸，几个章就完了。她的命，始终不在她手上。

金芝离婚后，走马镇离婚的多了起来，像是赶时髦一样。等贯彻《婚姻法》运动月结束后，走马镇离了十二对。这十二对成为当年六百万对离婚大军中的一部分，他们的故事都被历史湮没了，如果翻开，也许每个人都有一段不堪回忆的往事，这些事都随着历史烟消云散了，再也找不到踪迹。他们的故事，也许会被后人记在心上，即使记住，过了两代、三代依然会渐渐消失，这些个人的命运，如同尘埃，被时间吹往无人知道的角落。

贺胡子临走前，特地找到金芝。贺胡子握住金芝的手说，金芝同志，你现在获得了新生，你要好好生活，珍惜这来之不易的幸福生活。有事情，记得找政府，政府永远是穷苦百姓的靠山。金芝说，贺组长，我知足了，能离婚，我感谢政府。贺胡子说，我也感谢你对我工作的支持，你给走马镇受苦受难的妇女带了个好头。希望你在以后的生活中，不断进步，取得更好的成绩。金芝抹了把眼泪说，贺组长，这辈子我都记得你，你的恩情我记到心上。

和马天人离婚不到一年，金芝和马天庄结婚了。金芝是二婚，还是在走马镇上，婚结得很冷淡，没放鞭炮，没办酒。金芝抱了一床被子，换了身衣服，搬进马天庄家里，就算结婚了。他们去了趟县城，领了结婚证。马天庄给金芝买了个头花，一件袄子。

跟马天庄结了婚，金芝精神好了一些，人也开朗了。到湖边洗衣服，金芝主动和旁边的妇女说话，扯些家常。刚开始，别人和金芝说话，还带着小心，生怕说错了话，让金芝笑话。到走马镇二十多年了，金芝很少和镇上的人接触，妇女看金芝的眼神也有些异常，总觉得金芝是大城市来的，跟别个不一样。原先，还因着胡光头，大家都敬而远之，省得惹是生非。胡光头被镇压了，她们都看着金芝，猜想金芝怕是要回江城的。等金芝从江城回来，她们都晓得，金芝走不了了。贺胡子进了镇上，她们又猜测，金芝怕是要和马天人离婚，这次，她们猜对了。让她们意外的是，金芝嫁给了马天庄。马天庄家里穷，一大家人都靠马天庄过日子。金芝嫁过去，连住的地方都没有。马天庄原来跟小弟弟住一间房，小弟弟还没结婚，大的两个都结婚分了家，孩子都好大了。接了金芝，马天庄在房中间砌了个墙，硬生生分成了两间房。房间很小，放张床，一张桌子，还有一个小小的衣柜，就没得空间了，屋里头多站几个人都转不开身。

日子过得比在马天人家里苦，金芝乐意。刚嫁过来，金芝还是做噩梦，每次都梦见马天人跟她纠缠，吓醒了，睁开眼睛一看，身边是马天庄，金芝心里安稳了。嫁过去几个月，金芝不做噩梦了，夜里睡得踏实。金芝想跟马天庄生个孩子，马天庄四十多岁了，她也四十多了。好些年，金芝的肚子没再大过，她有些担心。金芝对马天庄说，天庄，我要给你生个儿子，没得个儿子，老了没得人养你。马天庄说，没得事，等我小弟结婚了，他生了伢，我们过一个过来。金芝说，我不要别个的伢，养不亲，养大了，他还是护着他亲爹亲妈。马天庄摸着金芝的肚子说，那我们生一个。

金芝生的三个儿子，那都是她不情愿生的。现在，她特别想生个小孩，尤其是儿子。在那个时代，没得儿子，是要被人笑话的，说你屋里绝后了，老了也没得人养。金芝有三个儿子，就算儿子长大跟她再不亲，那也是她生的，总还要给她一碗饭吃。马天庄不同，他要是没个儿子，老了怕是真没人养。金芝有点急，她已经四十多岁了，再不生，过几年想生也生不了了。为了这个，金芝找了个老中医看，怕是自己有什么问题。看了医生，医生说，你没得事，生伢的事莫急，等到，该有，自然就会有了。医生说这些话等于是废话，金芝跟医生说，你给我开点药吃，吃了好生的。医生哭笑不得，指着金芝说，你没得问题，吃药也没得用，好机器不消修得。金芝怕马天庄有问题，要马天庄去看医生，马天庄不肯，他说，要是有问题，你看也看不好，要是没得问题，该有伢自然会有，没得那是天意。

挨了一年，金芝怀孕了，肚子大了。生下来，是个儿子。看到儿子，金芝心里亮了，她像是看到了未来，她跟马天庄一起好好把儿子养大，看着他结婚，生孩子。然后，他们老了，死了，她和马天庄的血脉还留在世上。马天庄把儿子抱给金芝看，儿子脸擦干净了，头顶上稀稀疏疏有些头发，皮肤有点皱，小眼睛闭着，时不时吐一下小舌头。金芝觉得甜蜜。那大概是她一生中最甜蜜的时刻，她终于要到了一次她自己想要的东西。老天给了她一个儿子。

接下来，金芝过了几年安稳日子。儿子一天天长大，会跑，会跳。金芝在镇上经常会碰到马天人，他残得厉害，走几步就剧烈地咳嗽，五十岁看起来像是六十岁，他怕是快要死了。看到他，金芝偶尔也会心酸，毕竟她跟这个男人过了二十年的日子。

讲感情是没有，心里的感觉，说不清楚，也讲不出来，只是觉得不舒服。

再后来，马天人他爹死了。马天人他娘带着三个孩子，日子过得不像样子。金芝看到三个儿子，穿得破破烂烂的，心里疼，有空就回到马天人屋里给孩子缝缝补补，收拾一下屋里。马天人他娘看到金芝就叹气，她身体也不好了，勉强能撑着做个饭，洗洗衣服。地里的活，靠金芝大儿子和二儿子做，三儿子还小。儿子从外面回来，看到金芝，喊金芝“娘”，语气冷淡，像是叫外人。金芝晓得，她嫁了马天庄，平时也忙，没得时间照顾他们，他们有意见。又过了个年，马天人也死了，埋了马天人，金芝有话想跟马天庄说。

想了段日子，金芝对马天庄说，天庄，有个事情我跟你商量一下。马天庄说，你讲。金芝说，马天人死了，他屋里老的老，小的小，日子过不得。马天庄说，我晓得，我看到心里也不舒服。金芝说，我想跟我三个儿子一起过，好歹能照顾他们。马天庄想了想说，接他们过来怕是不行，你也看到了，屋里没得地方给他们住。金芝看着马天庄说，天庄，我说了，你莫生气。我想你跟我一起过去，到马天人屋里。我看到我几个伢，心里过不得。马天庄没说话。金芝说，天庄，我晓得这个事为难你，我不勉强你，我看我几个伢可怜，我是他娘啊，看到他们遭罪，我心里跟刀割一样。说着说着，金芝眼泪流下来了。马天庄说，我想一下，你也莫急。马天庄心里有想法，他倒不是怕苦。平时，马天人屋里有么事，马天庄也是能帮就帮，田地里的事情，好些都是马天庄帮着干的。他怕人家说闲话。

过了些天，马天庄对金芝说，金芝，我没得意见。金芝说，天庄，委屈你了。马天庄说，一家人莫说这个话。

金芝去了马天人屋里，马天人他娘在屋里扫地。看到金芝过来，他娘放下扫把，给金芝搬了个板凳说，金芝，你坐。金芝在凳子上坐下，看了看屋里，这个屋里，她住了二十年，哪个角落都是她熟悉的。金芝说，你也坐。马天人他娘说，金芝，你有么事？金芝说，有个事情跟你商量一下。马天人他娘说，有么事你说，都是屋里人。金芝心里热了一下，对马天人他娘说，屋里还好吧？马天人他娘叹了口气说，哪里好得起来，以前他爹在，还好些，里里外外有个人照应。他爹死了，天人没得用，死得又早，伢又小，不晓得日子么过。我想起来，夜里急得哭。我也老了，等我死了，不晓得几个伢么过。金芝掉了眼泪，对马天人他娘说，我有个想法，不晓得你同不同意。马天人他娘说，你说。金芝说，我跟天庄商量过，想跟伢一起过。马天人他娘一听，跳了起来，说，金芝，你莫想，我穷死饿死，也不得让伢跟你过。金芝拉马天人他娘坐下，说，你莫急，听我说完先。我讲的你没听明白。金芝说，我是说，我回屋里头，马天庄也过来，我们一起把伢养大，给你养老送终。听金芝说完，马天人他娘半天没说话，过了一会儿，马天人他娘叹了口气说，金芝，你有这个心，说明你还有点良心。我老了，屋里的事管不了了。你问下你三个伢，他们要是肯，我没得意见。

等三个儿子回来，金芝把意思说明了，问他们，你们有没得意见？三个儿子都看着马天人他娘，马天人他娘说，我老了，屋里的事迟早你们做主，我没得意见。听马天人他娘说完，大儿子站起来说，我没得话说。说完，进了屋里。看大儿子进了屋，二儿子说，我听大哥的。小儿子看了看两个哥哥，抱着金芝说，娘，你回来，我想你想到哭。金芝摸着小儿子的头，眼泪又掉了下来。

金芝想起往事说，我二十岁到六十岁，是在眼泪里泡过去的，没过几年舒心日子。一个事接一个事，也不晓得哪来那么多事。过了六十岁，我想哭也哭不出来了。我有时候想啊，老天爷那几十年怕是没得肉吃，要不然么会到处害人呢？

老余建议我们喝点酒，深更半夜的，大家都坐了几个小时，喝点酒放松一些，他家里藏了不少好酒。老余这人大方，我们出来喝酒，他经常会从家里带点好酒出来。至于这酒是怎么来的，我们不问，老余也不说。我喝过的好酒，大都是老余带出来给我们喝的。老余去酒柜，老谭陪着他一起去。老丁不会喝酒，对酒自然没有兴趣。我从沙发上站起身来，到阳台伸展了一下身体，讲了这么久，身子没怎么动，有点僵。我平时的工作就是整天趴在桌子上，对着电脑，处理各种乱七八糟的数据和文件，十几年下来，肩周发炎了，坐骨神经痛了，更要命的腰椎也突出了。像我这个年龄，干我这种工作的，多多少少都有这样的毛病。

老谭手里拿着瓶酒回到茶几面前，他给我看了下牌子，我没太在意。老谭摇了摇酒瓶说，好酒。晚上喝的酒，这时彻底地散了，老丁没再说我们身上有酒味，屋里的烟味很大，抽了太多的烟。几个男人，一直在抽烟。老丁说，烟味这么大，怕不怕？没事，阳台开着，风吹吹就散了，喝点酒吧，老余说。他手里拿了几个洋酒杯，往每个杯子里倒了一点。老丁杯子里倒的是矿泉水。老余举起杯子说，来，干杯，为金芝转了好运干一杯。我举起杯子，喝完杯里的酒。我一直不太喜欢洋酒的味道，浓烈而霸道，但多数情况下，我还是愿意喝洋酒，不关品位的事儿，仅仅因为洋酒散得比较快，不至于影响第二天的工作。喝了杯酒，老余又把我们的空杯子加上。我拿过老丁的矿泉水，往杯子里掺了点水，味道会淡一些。

故事讲到了一九五八年，二十世纪五十年代末六十年代初这段时间，对有些人来说，恐怕是永远不会忘记的。具体的东西，历史书上都有，我就不仔细讲了。我想讲的跟这个有关系，甚至关系很大，但具体的原因，我就撇开不讲了。

马天人他娘死了，是饿死的。快进入一九六〇年时，饥荒席卷了整个中国，一个又一个的人饿死，饥荒严重的地方，据说还出现了人吃人的惨剧。这个是野史，没经过考证，到底有没有这样的事，暂且存疑。可以肯定的是，马天人他娘是在那场饥荒中饿死的，她恐怕没有想到，她会是这个死法。

饥荒开始之前，走马镇上吃了一两年饱饭，那真是好日子，你想吃多少吃多少，吃不完倒掉，白花花的大米饭，没人心疼。镇上食堂的猪长得白白胖胖的，过年杀了，一身的膘，板油有三四寸厚。紧接着，饥荒来了，仿佛是一夜之间，粮仓就空了。能吃到的只有粥水，再后来，粥水也没有了。妇女拿着篮子去山上挖野菜，就那么大一座山，能有多少野菜呢？湖里的藕早挖光了。春上天，湖面出水的荷叶都没得几柄，泥里的藕带都被挖着吃光了。冬天退了水，湖边时常可以看到拿着小篮子捡菱角的人。湖边被来来回回地搜索过无数遍，捡到菱角的机会微乎其微。

人都饿瘦了，先饿死的是老人。老人说，他们活够了，要死让他们先死。镇上死了十几个老人之后，马天人他娘也死了。从食堂打了粥水回来，金芝和马天人他娘喝上面的粥水，马天庄和几个孩子吃下面的。金芝饿得身上一点力气都没有，马天人他娘躺在床上，喝几口粥水又躺了下去，她对金芝说，金芝，我不喝了，喝了我也要死，你喝吧。金芝扶起马天人她娘，喂给她喝。马天人他娘说，我想了好多个死法，就是没想到我会饿到去死。金芝说，你莫乱说，等过了年就好了。马天人他娘摇了摇头说，金芝，你莫哄我，好不了了。这种年成是老天爷要收人。我过去听到老人说，隔几十年，老天爷要收一次人，你晓得一次收几多不？一斗芝麻有几多颗，老天爷就要收几多颗人头，我这次跑不脱了。

在床上躺了几天，马天人他娘不行了。临死前，马天人他娘对金芝说，金芝，你是不是还恨我？金芝摇头。马天人他娘说，金芝，我也是女人，你的苦处我懂得，可是没得办法，我是马天人他娘。金芝说，你莫说了，我懂得。马天人他娘望着金芝，哆哆嗦嗦地伸出手，金芝连忙抓住马天人他娘的手，他娘的手微微弯了一下，捏住金芝的手说，金芝，你到我屋里头二十几年了，我没听你叫一声娘，你没喊过。金芝说，我喊不出口。马天人他娘说，我晓得，你心里有怨。金芝，我都是快死的人了，怎么说，我也是你三个儿子的奶奶，你喊我一声行不？马天庄从背后碰了碰金芝，金芝张开嘴，又闭上，又张开，她喊了声，娘。马天人他娘放开金芝的手说，金芝，我总算听到你喊我娘了，你到我屋里做了二十多年的媳妇，喊了我一声娘。说完，看着金芝说，金芝，我要走了，他爹和天人都在下头等我，我要走了。马天人他娘的眼睛慢慢闭上了。

金芝给她换寿衣，马天人他娘瘦得身上都没有肉了，只看到一根根的骨头。饥荒之年，死了一个人，跟死了一条狗没多大区别，没人有心思去办丧事。马天人他娘的坟是马天庄和金芝两个儿子挖的，他们也瘦得可怜，身上的力气勉强能维持活动。要去挖坟，没得那个力气了。坟挖得很浅，要是以前，那是要挖两米多深的。马天庄带着金芝的两个儿子，挖到勉强能埋下个人，实在没有力气了。马天庄说，埋了吧。马天人他娘身上卷了条席子，马天庄他们把马天人他娘放进坟里，盖上土，拍紧，回去了。过几天，马天庄过来上坟，坟被动过了，马天人他娘下葬时穿的衣服露了出来，马天庄拿了把铲子，把衣服往土里插，又铲了几铲土，收拾了一下，抹了把眼泪，回家了。他不敢想，也不敢看。

那三年对当时的人来说，怕是比三十年还要长。过了几年，马天庄给马天人他娘修了个墓碑。在坟边上，长出了一棵苦楝树。现在，那棵苦楝树还在，长得有一人多粗。我不知道你们见过苦楝树没有，叶子很稀，结的果实有些像葡萄，青青圆圆的，硬，味道很苦。苦楝的名字大概是从这里来的。金芝后来每年去上坟，看到那棵苦楝树，都会对儿子说，这棵苦楝树是你奶变的，你奶苦了一生，变棵树都是苦的。马天人他娘的坟对着湖，等她能再看到满湖的荷花时，饥荒已经过去了。

《西游记》里面讲，取经要经过九九八十一难，缺一难都不行。如果把金芝的一生比喻成取西经，那么，金芝已经过了整整八十难了，她还缺一难。这一难，金芝差点没挺过去。她和马天庄唯一的儿子死了。

金芝和马天庄就一个儿子，生了这个，金芝肚子没再大过，再后来，她绝经了。这个儿子，是金芝最金贵的。金芝有四个儿子，这个最小，又是她和马天庄的。儿子自小懂事，饥荒时期，金芝一直担心小儿子挺不过去。他挺过去了。儿子是在湖里淹死的，他想游水过去摘莲蓬，水草缠住了他的脚。儿子被发现时，满脸铁青，他离岸边不到三米。

那天的天空是带着血色的。金芝早上起来，看到天边的朝霞，天空红得吓人。金芝进屋对马天庄说，天庄，你出去看看天，天都红了。马天庄出去看了一眼说，邪得很。吃过早饭，马天庄下地干活儿，金芝在屋里料理家务，一屋的男人，只一个女人，里里外外的事情做不完。小儿子吃过饭，出去玩了。他还小，干不了活儿。料理完家务，金芝在屋里坐了一会儿，她有些心神不安，天红得太吓人了。

到了吃午饭的时间，马天庄和三个儿子都回来了。金芝摆上碗筷，一家人准备吃饭。金芝说，小的还没回来。马天庄说，不晓得他跑到哪里去玩了，先吃吧。金芝说，你们先吃，我去喊他。小孩子玩到吃饭还不回来，不稀奇，那时候没几个人有手表，更别说小孩子了。即使有，小孩子玩起来忘了点儿也不奇怪。金芝出门喊小儿子，见人就问，你看到我屋里小的没？人都摇头说，没看到。围着镇子找了一圈，金芝回来，满头的汗，马天庄和三个儿子都吃完了。金芝问，小的回来没？马天庄说，没回来，是不是到别个屋里玩去了？金芝说，我把镇上都找遍了，嗓子都喊哑了，没见到他人。金芝有些紧张说，他莫是跑落了。马天庄说，莫瞎说，我带几个伢出去找，你先吃饭。马天庄跟三个儿子一起出了门，过了个把时辰，马天庄回到屋里说，伢回来没？金芝摇头。这个时候，她急了。平时，小儿子出去玩，玩得再晚，也晓得回来吃饭。现在这个时间，吃饭的时间早过了。

金芝把门锁了，跟马天庄一起出去找儿子。马天庄屋里的人也都动起来了，分头去找。镇上、山上到处都找过了，没见到人。找到晚上，马天庄回到屋里，脸色很不好。金芝哭了。她怕。她想到早上天上血红的朝霞，有种不祥的预感，怕是要出事了。从中午找到晚上，马天庄见人便问，你看到我屋里小的没？都说没看到。马天庄也慌了，走马镇那么小个镇子，他们翻了几遍了。一家人都没心思吃晚饭，到了夜里，去镇子外头亲戚家的人也回来了，都说没见他小儿子。金芝的身子靠在椅子上，一点力气也没有，她觉得天塌了，所有的重量都压在她身上，让她透不过气来。她闭上眼睛，看到了满湖的荷花。一想到荷花，她浑身打了个战。哪里都找过了，只剩下湖里了。她想跟人说，去湖边找，又不敢说，她怕她真的说对了。

熬了一夜，一家人的眼睛都是血红的。马天庄一夜之间像是老了几岁，他只有这么一个儿子。现在，儿子丢了，他找不到他。金芝把心里的想法压着，压着，最后还是压不住了。她对马天庄说，天庄，湖边找了没？马天庄说，湖边没得人，他到湖边搞么事？金芝没说话，脸色惨白。马天庄想过来了，跳起来说，金芝，你说么事？金芝把眼睛闭上，她又看到了满眼的荷花，眼泪从她眼睛里流出来。

马天庄带着人去了湖边，金芝坐在屋里不敢动，一直在哭。马天庄和镇上的人到了湖边，又是荷花开放的季节，天热得让人透不过气来。一群人沿着湖边找，没有人说话，大家都晓得，这个时候到湖边找，不是什么好事，即使找到人，肯定也是死人了。走了两里路，前面的人停了下来，回过头看马天庄。马天庄叫了一声，疯了一样往前跑。他跑到前面，看到离岸边两三米的地方漂着一个人，他认得出来，那是儿子的衣服。马天庄一屁股坐到地上，嗷嗷地叫了起来。有几个人下水了，把儿子的尸体拖上岸，在儿子的尸体边上，有两三个莲蓬。儿子脚上缠着水草，肚子鼓了起来。

马天庄不记得他是怎么回到家的。金芝一看到儿子，一下昏了过去。

按照走马镇的规矩，儿子小，又是非命死的，是进不得祖坟山的。他们把儿子埋了，小小的一个坟。好长一段时间，金芝都觉得儿子还活着，还在她身边。她恍惚听到儿子说，娘，我饿了。娘，我要出去玩。金芝后来对人说，那天早上，天是血红的，像是要吃人。都怪我，我不该让他出去玩，我要是把他留到屋里，就么事都不会出了。

儿子死后，镇上的人说，金芝儿子是被湖里水鬼拉住脚了。要不然，离岸只有两三米了，怎么都能游到岸上来。他只要能往前游一米远，就能踩到湖底，踩到湖底，就没事了，他可以爬到岸上来。人都死了，再说什么都没意思了。到走马镇二十几年，金芝都不喜荷花，不吃藕。那个湖里藏着鬼，害了金芝，也害了她儿子。每年荷花一开，金芝心里阵阵发抖。儿子死后，金芝看到满湖的荷花，会想起儿子来，她难过，她这辈子跟这个湖算是结下怨了。

儿子的死彻底把金芝打垮了，她一连两个月躺在床上，两眼望着屋顶发呆。她想不通，她和马天庄只有这么一个儿子，为什么老天爷还要把他收走。马天庄守在金芝边上，不说话。到后来，他对金芝说，金芝，这是命，我做了坏事，老天爷要我断子绝孙。人在做，天在看，一件一件都是要还的。

第六个故事

黑风景

接下来，金芝三个儿子都长大了，一晃八十年代到了。后面那二十多年，时间过得飞快，金芝七十岁了。用金芝的话说，一眨眼，我成了个老人了。马天庄爹娘也都死了。两个家里面，最老的剩下马天庄和金芝。孩子都大了，家里的事情没什么需要他们操心的。金芝经常会回想起过去，她年轻时候的事情，那时候，她遭了多少罪，有些她已经忘了，有些还记得。人老了，好些眼前发生的事情一转眼就忘了，过去几十年的事情却像昨天发生的一样，一闭眼就能看得到。

讲讲马春花吧，你们可能都把她忘了。胡光头死后，马春花成了反革命家属，这个帽子，马春花一戴就是三十年。马春花的消息，金芝零零散散听过一些，金芝知道她日子过得不好，几个儿子死的死了，跑的跑了，屋里只剩下她一个孤老太婆。过了那么多年，金芝对马春花的恨慢慢也淡了。她也是做奶奶的人了，懂得了一个女人的心情。说句不好听的，如果金芝三个儿子有一个跟马天人一样，她也会那么做的。说到这个，金芝感到幸福，三个儿子都很成器，成了国家的人，吃上了公家饭。这在走马镇上，很不容易。其中的艰苦，就不讲了，跟所有的家庭一样，无外乎省吃俭用。

儿子工作在县城，他们知道有个姑奶在县城，却从来没去看过。对儿子来说，姑奶是很久远的事情。金芝和马天庄很少跟他们说起胡光头和马春花的事情，上一代的恩怨，没必要跟下一代说。小儿子死后，金芝更加信命，她相信一切老天爷都看在眼里。比如说马天庄，一辈子可能就做了一件坏事，把她骗到了走马镇，就那件坏事，让他儿子把命给丢了。上一代人造的孽，不是报在上一代身上，就是下一代身上，跑不脱的。有时候她想，三个儿子之所以成器，那是因为老天爷看她吃了太多的苦，补偿一下她。

六十多岁那年，金芝经历了一次假死，这个我在前面已经讲了。等金芝活过来，变得神神道道的。死过一次之后，金芝跟以前不一样了，好多事情，她想通了，人都是要死的，那么，好些计较的事情，一想，一点意思都没有。你再计较，你带到坟里去，也没得用。活着一天，好好过一天的日子，把心里过舒服就好了。醒过来之后，别的人她都不牵挂，她想起了马春花。刚开始只是想，放在心里，没说出来。到后来，金芝忍不住了，跟人打听马春花的消息，老一辈人走得差不多了，年轻的，不晓得马春花是哪个。

想到马春花，金芝心里很复杂。她恨胡光头和马春花，现在回头一想，当年要是没得胡光头和马春花，她也不一定能逃回江城，那么她的日子会过得更苦。指望马天人保护她，那是不可能的，当年她在走马镇还能安身，很大程度上是因为胡光头。没有胡光头，会有更多的人欺负她。金芝算了算，马春花八十多了。一个八十多的孤老太婆该怎么生活，金芝不敢想。一想，心里不安稳。

有天，金芝问马天庄，天庄，你听到马春花的消息没？马天庄愣了一下说，马春花？你问她搞么事？金芝说，要是她还没死，都是八十多的人了。她几个儿子，死的死，跑的跑，她一个人晓得过得几艰难。马天庄说，你莫管她的闲事，她害得你还不惨？金芝笑了起来说，要是没得她，你也没得我。马天庄说，我也没听到她的消息。老人都死了，晓得马春花的人没得几个，哪个晓得她的死活。金芝说，你跟伢说一声，让他们找一下姑奶。不管么说，马春花都是他们的长辈，他爷爷的亲妹妹。

过了半个多月，县城传来了马春花的消息，儿子说，姑奶还没死，还活着。听到这个消息，金芝对马天庄说，天庄，我要去县城。马天庄说，我跟你一起去。金芝说，你就莫去了，我去看下马春花，我有话跟她说。马天庄说，那我叫伢来接你。

到了县城，儿子把金芝送到马春花家门口。金芝说，你们回去吧，莫等我。金芝买了两斤挂面，四个苹果，还有一斤糖，糖是用纸包的，都放在网兜里。马春花住在老城区的一条巷子里，巷子很深，在头边有个厕所。马春花家的门很破，往里面看，黑乎乎的。金芝敲了敲门，里面没人应，屋里怕是没人。金芝找了个台阶，坐在外面等。等了个把小时，她看到一个老太婆回来了，驼着背，手里提着个菜篮子，里面有几片烂菜叶，还有半个馒头。金芝一眼认出来了，那是马春花。看到马春花，金芝突然觉得马春花很可怜，特别可怜，她年轻时候，那么骄傲的一个人，现在成了这个样子。要是换了她，她怕是活不成。马春花篮子里的菜叶和馒头怕是在菜市场捡的。等马春花走过来，金芝站起来，朝马春花走过去。她们两个快三十年没见了。自从那天晚上，马春花离开之后，她再也没回过走马镇，大概是不想让走马镇的人看到她落魄的样子。

金芝提着东西，叫了声“姑”。马春花看了看金芝说，你找哪个？金芝说，姑，我是金芝啊，你不认得我了？马春花看了看金芝，摇了摇头说，我不认得你，你认错人了。说完，哆哆嗦嗦地开门，金芝跟进去，马春花把金芝往外推，马春花说，你莫到我屋里来，我不认得你。金芝拉着马春花说，姑，是我啊，马天人他媳妇金芝啊！听完金芝的话，马春花突然哭了起来说，你来找我搞么事呢？你看到我出丑。金芝把马春花扶进屋里，把网兜放在桌子上，拿了个碗，给马春花泡了碗糖水。马春花说，你回去，你莫来找我。金芝拿了个苹果，递给马春花说，姑，你吃苹果。马春花咧开嘴说，没得牙了，吃不动。

金芝看了看马春花屋里，到处堆着垃圾，废纸、废铁，乱七八糟的一堆，屋里弥漫着难闻的臭气。金芝望着马春花，不知道说什么好。喝完糖水，马春花说，金芝，这几十年，你是第一个来看我的亲戚。我没想到，是你来看我。以前胡光头在，我屋里开的流水席，哪天不是几桌人吃饭。等胡光头出了事，个个跑得比鬼还快，影子都看不到一个。就说我哥，我哥也嫌我。你说我活得有个么意思。金芝说，姑，你莫这样想。马春花摇了摇头说，这二三十年，该受的罪我都受了，我能么想？金芝，我也是女人，我跟你说，我这些年的罪，比你那个罪还难受啊。金芝没说话，马春花的话把金芝的回忆勾起来了。

马春花说，政府把胡光头枪毙了，是我收的尸。收了尸，我不服啊，这么多年，我就不服。胡光头不是个坏人，他是个么人，我晓得。我跟他几十年的夫妻。等胡光头死了，我去找政府，我跟政府说，胡光头送了政府十根金条，你们说胡光头是坏人，那你把胡光头的金条还给我。政府的人不光不把金条还给我，还说那都是胡光头从别个身上剥削的。别个不晓得，我晓得。胡光头剥削哪个了？他的钱都是拿命换回来的。政府不管，还派人到我屋里来搜，本来我屋里还藏了几根金条，政府都搜走了，一根都没留给我。金芝，我跟你说，政府欠我的钱，几十年，连本带息，政府还不清。我还跟政府说，我屋里胡光头帮过共产党，我送的饭。政府也不承认，说没得这个事儿。我把年月日都讲出来了，还说当时是胡光头买的船票让他们走的。政府的人后来跟我说，他们查过档案，没得记载。狗屁，没得记载就是没得这个事了？那我当年送了两个多月的饭送给狗吃了？金芝，我跟你说，这些人都要遭报应，他们要遭报应。

马春花说得情绪激动，大概是好些年没有人跟她说话了。

说完这些，马春花接着说，胡光头死了，几十年，我过的是么日子，猪狗都不如。马春花指着篮子说，你也看到了，我到菜市场捡菜叶子。你看到那半个馒头没？垃圾桶里捡的，我跟狗抢东西吃。要是换到以前，我吃剩下的，给别个还是好东西。我马春花好强了半辈子，落得这个下场，你说，这是为么事？我屋里几个伢，死的死了，跑的跑了，十几年，没得哪个在我面前打个照面。金芝，你晓得不，我不怕死，但我不敢死啊，我怕我死了，丢到屋里，没得哪个给我收尸。我想等到我屋里伢回来一个，死了也有人给我收尸。说到这儿，马春花的眼泪流出来了，她拿袖子去抹眼泪，脸上弄得花了一大块。金芝拿出块手巾，给马春花抹了抹脸。

说了半天的话，马春花对金芝说，金芝，我不留你在屋里吃饭，我没得东西给你吃。金芝说，你莫客气。临走，金芝塞了马春花一百块钱，金芝说，姑，你拿到，想吃点么事，买点么事吃。马春花拉着金芝的手说，金芝，当年是我害了你，你莫怪我。金芝说，姑，我来看你，就说明我不怪你了，你莫多心。马春花说，那我不送你了。金芝说，你老回去，我走了。出了马春花家的门，金芝心里堵得很，年轻时她以为看到马春花落得这个下场，她心里会舒服。事实证明，她不舒服，一点也不舒服。来之前，她对马春花的恨已经没了，从马春花家里出来，她可怜马春花。她们都老了，恨对她们来说，太奢侈，再强大的恨，也扛不住时间。都是老人，都是活一天少一天，彼此的理解，越来越多。

她想起了她的梦，在梦中，小儿子对她说，娘，我在天上好得很，你莫担心。金芝不晓得到底有没有天，天上有没有玉皇大帝，她愿意相信有。

回到屋里，金芝把马春花的情况跟马天庄讲了。金芝说，马春花可怜啦，一个孤老太婆，还要捡垃圾卖，吃的是市场人家丢的菜叶。马天庄说，那也没得办法，胡光头造的孽，要她来还。金芝说，天庄，我跟你一辈子，求过你两回。第一回，我让你带我回江城，你不肯。第二回，我说要回马天人屋里，把几个伢带大，你随了我。现在，我还要求你一回。马天庄说，你莫说求我。金芝说，我想把马春花接过来，看她过的那个日子，我心里过不得。我想到我要是老了，跟她一个样子，我也想有个人帮我。马天庄说，我没得意见，只要你肯。金芝说，天庄，你这一辈子就这点好，人善。我跟了你几十年，你没跟我动过一下手。走马镇没哪个男人不打女人，你一辈子没沾我一个手指头。要是我死到你前头，算是我福气好，要是死到你后头，我怕也活不了几天。马天庄说，莫说这个话，你不是说你还有二十年阳寿，我是要死到你前头的。

跟马天庄商量好了，金芝又跟三个儿子说了，金芝说，你姑奶一个人在县城过不得日子，我要把她接回走马镇，你们有意见没得？儿子都说，没得意见。

金芝又去了县城，找到马春花，金芝说，姑，我接你回走马镇。金芝还没说完，马春花说，我不回走马镇，死我也不回走马镇。金芝说，姑，我不是接你回去走亲戚，我接你回去就不回来了，你老住到走马镇，我给你老养老送终。金芝说完，马春花盯着金芝，像是听错了一样。马春花说，金芝，你说么事？金芝说，我接你回去，给你养老送终。马春花听清楚了，有几分钟马春花没吭声，接着，马春花哭了起来，跪在金芝面前说，金芝，我哪有脸要你给我养老送终，我受不起啊。金芝连忙把马春花拉起来，说，姑，你么这样说，也是马家的人，我不能看到你老在这儿受苦。

金芝给马春花带了新裤子，新褂子，还有新鞋子。金芝烧了壶水，给马春花洗了个头。马春花的头不晓得多长时间没洗了，水盆里漂着一层虱子，清了几次，头算是洗干净了。金芝又给马春花洗了个澡。洗完澡，穿上新衣服，梳好头。金芝牵着马春花说，姑，我们回去。临出门，马春花犹豫了一下，问，金芝，你真不送我回来了？金芝说，不回来了。马春花说，那你等一下我。马春花进了屋里，过了一会儿，她出来时，带了个小箱子。马春花说，有些东西用习惯了，我带上。锁好门，马春花回头望了一眼说，这个屋里，我一个人住了三十年。三十年，没得哪个跟我说话，也没得哪个看我一眼，我以为我要死到屋里头。

马春花到底还是死在了金芝前头。临死前几天，马春花把金芝叫到床头说，金芝，我这辈子欠你的太多了，下辈子我做牛做马还给你。金芝说，姑，你莫说这个话，你说的我受不起。马春花说，我没想到，给我送终的是你，我没想到啊！说完，马春花指着床边的箱子说，金芝，你帮我拿过来。金芝看了一眼，是马春花从屋里带过来的箱子。马春花把箱子打开，对金芝说，金芝，你帮我拿出来。

金芝先拿出件旗袍，丝绸的旗袍，大概是马春花年轻时候穿的，这么些年过去了，颜色还是鲜艳。马春花接过旗袍说，这件旗袍几十年没穿了，每年我都拿出来洗两次，看到这件旗袍，我能想起胡光头来，不管别个说他好不好，我是念到他的好的。这件旗袍，还是胡光头从江城给我买回来的。马春花把旗袍放在胸前说，金芝，等我死了，你把这件旗袍给我陪葬。金芝点了点头。

马春花说，金芝，箱子里有个梳妆盒，你帮我拿出来。金芝翻了翻箱子，梳妆盒放在最底下，木头做的，刻了龙凤的花纹，边框像是银的。金芝伸手拿出梳妆盒，梳妆盒很沉，有点出乎金芝的意料。金芝把梳妆盒拿出来，放在马春花边上。马春花微微侧过身，打开梳妆盒，金芝看到里面用绒布包着一些东西。马春花伸手把绒布慢慢打开，金芝看到了晃眼的黄，是金条。

马春花拿了一根放在手里，往后靠了靠说，金芝，我以前跟你说，我屋里金条没得了，那是骗你的。我还藏了六根。胡光头当年一共买了二十根金条，十根给了政府，后来政府又搜走了四根，这六根我把它埋起来了，前几年才挖出来。马春花摸着金条说，我还记得胡光头每次买金条回来，都跟我说，又搞了几条“大黄鱼”。他一辈子的心血换了这些金条，为了这些，他把命都丢了。我本来想留起来，等我伢回来，哪个给我送终就给哪个。哪个晓得，他们死的死，跑的跑，没得哪个给我送终。马春花把金条放回梳妆盒说，金芝，这些金条给你了，你留给儿孙，也算是我积了点德。

金芝伸手拿了一下金条，活了一辈子，金芝第一次见到金条，她想起他爹，他爹打了几十年的金子，也没挣下一根金条。金条很重，一条怕是有半斤多。看到金条，金芝说，姑，我不得要你的东西，我帮你留着，等你伢们回来了，我帮你给他们。马春花说，你自己留着，别给他们，我死了，他们都不晓得在哪儿。我说了，哪个给我送终，我把金条给哪个。

马春花死后，金芝把马春花和她爹娘埋在了一块儿。办完马春花的葬礼，金芝说，你们一家算是团聚了。你们等着我，过不了几年，我就来了。

听到这儿，老谭说，好人有好报啊。我笑了起来说，我倒不觉得这是什么好人有好报，只是凑巧。其实，就算马春花没金条，金芝还是会给她养老送终。人年纪大了，好些想法会变。比如说我们，以前，十几二十岁，哪个不是愤青得很，看这个不顺眼，看那个不顺眼。到了我们这个年纪，有些事情看着看着就顺了。以前不会做的事，现在可能好些都做了，做了也不觉得可耻，觉得正常。我以前看我爸，总觉得他做事情没点道理，说的话更是荒唐得很，现在明白了，老人家看得还是通透，有一天我们看通透了，做起来也差不多。你看那些革命的，激进的，都是年轻人。老人多是保守派。新文化运动搞起来，说到底还是年轻人在搞事。当年北大的那帮教授，现在说起来个个都是大师，你晓得他们当年多大吧，多半都是三十出头，还有年轻的三十都不到，李大钊算老的，也就四十出头。那个年纪的人，做出什么事来都不奇怪。金芝老了，想法肯定也会变，身边的人一个接一个死了，人一死，万事皆空，想通了这个，就没什么好计较的了。我倒是觉得马春花这个人狠，跟胡光头有得一拼。胡光头死了，她还敢闹腾。以前过得那么好，发生那么大的变化，她还能咬紧牙活下来，这个不容易。就说她那六根金条，要不是她孩子都不在身边，她肯定也不会给金芝。老谭说，这个不一定。我说，肯定，只要她孩子在身边，她是绝对不会给金芝的。在她看来，金芝始终是个外人，即使金芝去看她，给她养老送终，她还是个外人。她对金芝的感谢，更像是礼貌上的。之所以把六根金条给金芝，那是她没得人给了。再说胡光头这个人，有马春花这么恋他一辈子，他也算是值了。

说到六根金条，后面还有个故事。金芝三个儿子都在县城，吃的是国家饭。后来，不是改革开放了嘛，金芝大儿子辞职了。那个时候，捧着铁饭碗不要的，在别人看来那是疯了。金芝大儿子在钢铁厂上班，钢铁厂工资不算高，但稳定，县城不晓得多少人想进钢铁厂进不了。金芝大儿子辞职，有他的想法。他看到改革开放了，只要社会稳定，做生意比拿工资强。前面我讲过，马天人的爷爷是开当铺的，马家有这个基因。大儿子辞职了，下海的本钱是金芝给的，她给了大儿子一根金条，说，你要去做生意，我不反对，这根金条你拿到。金条是你姑奶的，算我借你。那个年月，有根金条，还是那么大的金条，说出来吓死人。大儿子把金条拿黑市上卖了。有了本钱，生意好做。金芝肯给儿子金条，还有个原因，她家以前在江口开布店，她晓得做生意比做工灵活，俗话说得好，无商不富，一个社会不能没有做生意的。金芝儿子后来生意做大了，成了走马镇，乃至整个县有名的富翁，当然，那是后话了。

说点别的。金芝年纪大了，年纪越大，她越想家。她爹娘早死了，就剩下两个弟弟。前面我讲过，镇反结束后，金芝回了趟江城，找到两个弟弟。她本来想回江城去，最终还是回了走马镇。回到走马镇，金芝以为她不会再回江城了，两个弟弟把她的心伤透了。她好些年没回江城，也没两个弟弟的消息。

有天晚上，金芝做梦，梦到爹娘了，爹娘跟金芝说，金芝，你恨两个弟弟有原因，我们也不怪你。好多年了，你没给我们烧过纸钱，你回来给我们烧点纸钱。梦醒后，金芝发现枕头都湿了。

快到清明，金芝对马天庄说，天庄，我想回趟江城，给我爹娘烧点纸钱。马天庄想了想说，也好，我跟你一起回江城。金芝点了点头说，我爹娘一二十年没收到我的纸钱了，你多买些。马天庄去了镇上，买了纸钱。去了江城，到了弟弟家门口，金芝对马天庄说，天庄，你先回去吧。马天庄没说话，转过身走了，临走前，马天庄说，金芝，我过几天来接你？金芝说，我在屋里住几天，你过三四天再来。那时候，去江城方便了，县城通了到江城的汽车。

等马天庄走了，金芝敲弟弟的门。敲了几下，门开了，看到金芝，弟弟有些意外，赶紧把金芝迎进屋里，说，姐，你么回来了？金芝把包放到地上，指着包说，清明快了，我给爹娘带了些纸钱，到他们坟头烧给他们。弟弟说，姐，烧纸钱哪里都烧得，你有心就可以了。金芝说，我想到爹娘坟前磕个头，我年纪也大了，也不晓得还有多少年好活，能给爹娘磕一个头算一个头。等我死了，想给爹娘磕个头也磕不成了。弟弟问，姐，你一个人来的？金芝说，马天庄送我回来的。弟弟没说话。金芝说，你莫担心，他走了，他不得进你屋来。弟弟说，姐，我不是那个意思。金芝看了看弟弟屋里，跟上次比，屋里好了些，日子应该是好过些了。

到爹娘坟头烧了纸，磕了头，又在弟弟家里住了两天。弟媳对金芝不冷不热的，跟以前比，还是好了一些。马天庄来接金芝，站在外头等。临出门，弟弟对金芝说，姐，你有空多回来。弟弟说完，金芝眼睛酸了一下说，我晓得。说完就走了。

出了门，金芝对马天庄说，天庄，你去过江口没？马天庄说，去过几次。金芝说，天庄，我带你去江口，我做姑娘时，我爹在江口开了个布店，我带你去看下在哪里。马天庄笑了起来说，你都是老太婆了，还记得做姑娘时候的事情。金芝说，哪个老太婆不都是从做姑娘过来的？

到了江口，江口比以前漂亮了，街上也热闹起来。金芝找了好半天才找到她爹当年开布店的铺位，金芝指着店面说，我爹以前在这儿做生意。说完，金芝指着钟楼说，以前，我天天听到钟响，再往前走，还有个教堂。上次来，人家告诉我，教堂没得人了，新社会了。两个人沿着街道往前走，路边依然是高大的法国梧桐。金芝对马天庄说，马天庄，做姑娘时候，我么想也想不到我会去走马镇，也想不到，等我老了，是你陪到我。到了教堂门口，金芝告诉马天庄，以前教堂有人唱歌，有个牧师叫丹尼，他是个法国人，早死了，也不晓得是么原因。金芝没告诉马天庄，她曾经央求过丹尼，让丹尼带她走。马天庄说，这些事，以前没听你说过。金芝说，我跟你说这个搞么事呢，说了，你也不明白。马天庄说，那也是，我一个乡下人，搞不清这些名堂。

金芝进了教堂，在椅子上坐下，对马天庄说，天庄，你过来，陪我坐下。马天庄在金芝身边坐下来。金芝说，当年，我坐在这儿，听里面的人唱歌。我当时想，要是老了还能坐在这儿听人唱歌就好了。马天庄靠在椅子上，听金芝说。金芝说着说着眼泪流下来了。马天庄看着金芝问，金芝，你怎么了？金芝说，没事，想起以前的事情来了。金芝擦了下眼泪，握住了马天庄的手。跟马天庄结婚好些年了，金芝没做过这么亲密的举动。马天庄想把手缩回去，那么大年纪，他不好意思，也不习惯。金芝放开马天庄的手，马天庄的手粗糙，长满了老茧，干瘦。金芝想起丹尼的手，那时候，她和丹尼都很年轻，两个人的手都是滑润的。人都变了，教堂里的树也变了，更加高大，粗壮，显示出蓬勃的活力，它们也许还能再活一百年，但金芝老了。

过了这次，金芝回江城回得密了，大概两年回去一次的样子。每次回去，不是马天庄送，就是几个儿子送。到后来，马天庄老了，金芝说，天庄，你别送我回去了。来回折腾，你身体扛不住。马天庄说，也好，让伢们送吧，顺便去看看舅爷。儿子送金芝回江城，也是到了门口就转身回去，他们没去过舅爷家。有次，金芝对两个弟弟说，你们有空，去趟走马镇吧，不管怎么说，我在走马镇过了几十年了，你们也去看看。两个弟弟说，好。话是这么说了，多少年，他们还是没去过走马镇。

他们第一次去走马镇是金芝假死那次。接到电报，他们从家里出发了。以前，他们没去过走马镇，先坐车去县城，然后转车去走马镇。到了走马镇，找到马天庄家门口，两个人哭了起来。他们是真哭。一路上，他们想了很多，金芝抱他们长大的，说不记得，那是假的。金芝第一次从走马镇回江城，他们一眼认出金芝了。但他们不敢相信，他们一直以为金芝死了。爹娘临死前对他们说，我不该逼你姐，要不是我们逼你姐嫁人，她说不定就不会出事。他们大概以为金芝是想不通跳江了。金芝失踪后，金芝她爹娘找遍了江阴区，没找到金芝。听人说金芝经常去码头，她爹娘想，金芝怕是想不通跳江了。他们找了条船，顺着江流往下找，翻了好些个浮尸，都不是金芝。江水顺流向下，每年江上都会漂过浮尸。金芝失踪后几个月，她爹娘绝望了，想来金芝是被江水带到他们不知道的地方去了。过了那个年，到了金芝失踪那天，她爹娘在江边烧了纸，他们当她死了。临死之前，他们对两个儿子说，我们到死也没看到你姐一眼，眼睛闭不上。不晓得她到底是死了，还是活着。不管是死了还是活着，你们记得每年烧纸，老人说了，死在江上的，都是冤魂，要多烧些纸，不然，你姐到地下有苦头吃。他们烧了好些年的纸，一直当金芝死了。结果有一天，金芝回来了，一个大活人站在他们面前。他们不相信，但那确实是他姐，他们认得。那会儿穷，他们日子过得艰难。他们对金芝说，姐，你还是回去吧。一想到这个，他们两个心里过不得。人活到那个岁数，想起这些事，这些悔要带到棺材里，说不想哭，那是假的。

他们哭了几声，外甥拉住他说，你们莫哭，莫哭，我娘还没死。正说着，他们看到金芝站在门口望着他们说，要是我不死，你们怕是舍不得来看我。从走马镇回去前，他们对金芝说，姐，你多回去，屋里有位子给你住。金芝说，我晓得了，你们回去，莫担心我的事。

到了过年，金芝对马天庄说，天庄，过了年我要回江城。马天庄说，好。金芝说，我要带三个伢去给他舅爷拜年。马天庄说，那是应该的。想了想，马天庄对金芝说，金芝，怕是不太合适。我们几家几多年都没走动，你现在让伢去拜年，好不好？金芝说，我要他们去给舅爷拜年，不管么说，他们都是外甥，是晚辈，给长辈拜个年有么事呢？金芝对三个儿子说，初三你们跟我去江城，给你两个舅爷拜年。三个儿子互相看了一眼说，娘，好不好？金芝说，那是你舅爷，我弟弟。

到了门口，三个儿子磨磨蹭蹭地不肯进屋。金芝敲门，弟弟把门开了，看到金芝，又看到站在门外的三个外甥。金芝弟弟有些意外，以前，他们是不肯站在门外的，都是把金芝送到了，转身就走了。等他们走远了，金芝再敲门进屋。看到弟弟的表情，金芝笑了起来说，我带几个伢来给你拜年。金芝弟弟把金芝和三个外甥让进屋，泡了茶水，又拿了点心摆在桌子上，还给三个外甥敬烟。几个人坐在屋里，有些闷，大家坐在一起不知道说什么好。金芝喝了口茶说，你们三个还没叫舅爷。三个儿子看着金芝，又看着金芝弟弟，没开口。金芝弟弟打圆场说，姐，算了算了，这么多年没叫过，算了算了。金芝又喝了口水，指着三个儿子说，你们听到没，我叫你们三个叫舅爷。金芝弟弟有些尴尬，抓了把瓜子放到几个外甥面前说，你们吃瓜子。金芝把茶水放下说，喊舅爷，这么大的人了，一点礼性都没得。金芝弟弟对金芝说，姐，好了，莫搞得麻烦。金芝突然拍了桌子对三个儿子吼道，你们是聋了还是么样？我叫你们喊舅爷，你们没听到？三个儿子看着金芝说，娘！金芝说，先莫叫我，喊舅爷。大儿子先说了声“舅爷，新年好”，接着是二儿子，三儿子。等他们喊完，金芝像是松了口气，她笑起来对弟弟说，这三个伢没教好，不听话。金芝弟弟赶忙说，没事，没事，好得很。

晚上，金芝和三个儿子在弟弟家吃的饭。弟弟开了两瓶酒，说要跟三个外甥喝几杯。喝完酒，儿子要到外面住旅馆。金芝弟弟说，莫浪费那个钱，你们要是不嫌弃，在屋里打个地铺。儿子说，算了，到外面方便些，也要不了好多钱。金芝看了三个儿子一眼说，晚上睡你舅爷家。三个儿子没再说话。这么多年，金芝的话，三个儿子还是听的，他们怕金芝。金芝从小不打他们，也很少骂他们，但他们就是怕金芝。

第二天早上，儿子们准备回去了。临走，金芝弟弟拿出几张十块钱的新钱，递到金芝儿子手上说，你们屋里几个伢都没来，把压岁钱带给伢。儿子们想推辞，金芝又说话了，舅爷给你们伢，你们就接到。金芝弟弟送几个外甥出门，到了门口，他对外甥说，你们到江城就到屋里来，喝杯茶，吃个饭。等儿子们走了，金芝进了房里，对着爹娘的遗像磕了个头说，爹，娘，我屋的伢认了舅爷了，你们在天上放心。

故事讲到这儿，天都快亮了。老余说，金芝这生吃了苦，也算是圆满了。拿出来的酒，我们断断续续地喝完了。老丁一直坐着听，我还以为老丁睡着了，叫了声老丁，老丁抬起头看着我说，我在听。整个晚上，老丁一直给我们倒酒，倒到后来，老丁不倒酒了，把手放在胸口，一直坐在那儿。坐了一晚上，大家都累了，站起来活动了一下。老余说，多少年了，没跟人一起这样聊天聊到天光。我看了一下窗外说，离天亮还有一会儿，没讲到天光，这个故事不算完。老谭一直在喝酒，脸上红通通的。老谭看着我说，老马，你讲的一定是你屋里的故事。老余看着我，等我回答。老丁喝了杯茶说，老谭，老马要是不想说，你问那么多干吗。我喝了口茶说，老谭说对了，我讲的是我屋里的故事。金芝是我奶奶，死了好多年了。我奶的故事，我也是听我妈，还有一些亲戚讲的。我奶死的那年，我在外地，有些事听他们说，我还不信。不过我小时候有件事，也跟我奶有关，那件事是我亲历的，假不了。人肯定是有灵魂的，也有些事科学是解释不了的，我觉得我奶那些神乎其神的事，都有根源。

我闭上眼睛，心里默默念道：奶奶，这么多年了，我第一次在夜里想起你。我把你的故事讲给别人听。我知道，无论我怎么讲，都不会有人真正懂你。包括我，我父亲，我们都没办法真正懂你。你死去多年，这些年，我和父亲一直漂泊在外，连清明节，我们都很少回去。你坟头的青草，绿了多少个来回，我们都没看到。我还记得你的样子，关于你的故事，我也是零散听来的，你从来没给我讲过。如果我讲得不好，你在天上听到了，笑一笑就可以了。这个故事，我会好好讲完，即使我并不知道最后的那个答案。

那也是我奶假死之后的事。有一年，我生病，那时候我还小。我爸是我奶最小的儿子，我爸结婚晚，生了我们几个，我奶都好大年纪了。那年，不晓得什么原因，我流鼻血。按道理说，流鼻血算不得什么大事，哪个小孩没流过鼻血。以前在镇子里，小孩子流鼻血，大人拿冷水拍拍脖子，让小孩子把头仰起来，过一会儿，也就好了。要是还流，就拿根麻线捆住小手指，把手举起来，过一会儿，也能止血。我那年流鼻血流得跟别个不一样，办法都想尽了，止不住血。我妈拿棉花塞住我鼻子，过了一会儿，我觉得嘴里特别腥，就对我妈说，妈，我嘴巴里腥。我妈让我吐出来，吐出来一看，都是血。我能感觉到鼻血不停地往嘴巴里滴。见到这个状况，我妈怕了，带我去医院看医生。在医院住了两天，回来了，鼻血也止住了。

我病好了去上学，回到家，又开始流鼻血，跟好之前一样。我妈急死了，又要带我去医院。这时，我奶过来了。我奶看了看我，对我妈说，你莫看医生了，他是被鬼缠住了，我去拜菩萨，看菩萨么说。说完，我奶拿了香去拜菩萨。这个菩萨我前头也讲过了，我奶假死醒过来之后，告诉镇子里的人，要在山上建座庙。我奶拜的就是那个庙里的菩萨。

拜完菩萨回来，我奶问我，你上学时是不是在湖塘边掐了几根刺角？刺角这个东西你们可能不晓得，样子长得有些像月季，开的花也跟月季差不多。春天，刺角发芽，有些嫩芽长得又粗又壮，剥了皮吃，甜甜脆脆的，味道还不错。乡下孩子，吃这种东西吃得多了。我点了点头。我奶又问我，你是不是吃了两根？我又点了点头，我奶说的都对。那天我上学，是下午，太阳很大，路上一个人都没有，我奶不可能看到我的。听我说完，我奶松了口气说，这就对了，你们小伢调皮不晓得，湖塘那里死过人，就埋在路边上，你掐的那个刺角，是他坟头上长出来的。你掐了他的刺角，死鬼缠到你了。听我奶说完，我妈吓哭了，按我们乡下的说法，哪个要是被死鬼缠上了，那是跑不脱的。我爸就我一个儿子，我奶这样说，我妈吓不到那才怪。见我妈哭了，我奶说，你莫哭，没得事儿，你听我的。

我奶买了纸到湖塘边去烧，又让我在那里磕头。磕完头，我奶对着湖塘说，你个畜生死的，我给你烧了纸钱了，伢也给你磕了头，你莫再犯生。你要是害到我屋里伢，我请法师拿桃木桩把你钉到。说完，我奶拉着我的手，对我妈说，没得事了，我们回屋里。我妈还不放心，回到屋里，我血止住了。后来，我妈问我，你奶问你的是真的？我点头。我妈说，那你奶真是个半仙儿了。我奶假死那次，我妈也是在边上的。经过了这次，我妈对我说，你奶怕是要成仙的，要是她成仙了，希望她能保佑你们这些儿孙。

第七个故事

我们的基督

大概是八十年代初的样子，或者再晚一点，具体我记得不太清楚。走马镇迷信的人突然多了起来，不少村镇里都出了几个大仙。大仙平常跟其他人一样，有人找上门来，大仙就要做法事，还有别的事，主要的业务是跟死人说话，替死人带信给活人，也替活人带信给死人。用现在专业的话说，他们相当于冥界信使。这种事儿，好些书里面有记载，你们肯定也听过这样的故事。

我奶有三个儿子，我大伯，二伯，还有我爸。我二伯的老婆，也就是我二婶，当时就是大仙。二婶和镇上另一个妇女在屋里设了神堂，她们自称牛角大仙、马脚大仙。我二婶是牛角大仙。神堂设在另一个妇女家里，我去看过，阴暗得很，墙上挂着各种画满奇怪符号的神符。平时，神堂是没人去的，只有有人来了，我二婶才和另一个妇女去神堂做法事。

那个时候，经济还不太好，来求我二婶的人多半带几包糖，几瓶罐头算是答谢，有的也给几块钱。来的人无一例外都苦着脸，他们告诉我二婶，他们的爷爷奶奶，或者冤死的丈夫老婆，早夭的孩子，各色人等托梦给他了，问我二婶应该怎么处理。我二婶说，这要作法，天机不可泄露。你们晓得，作法是要减阳寿的。来人就苦苦哀求我二婶，让我二婶作法，我二婶则再三推辞。来人把罐头、糖摆在我二婶面前，让我二婶收下。二婶自然还是不肯的，来人跪下了。到这时，二婶才摆出一副我不下地狱谁下地狱的神情，扶起来人说，我看你也是没得办法，算了算了，都是乡亲，我给你作一回法吧。来人千恩万谢。我二婶还有另一个妇女点起香火，写神符，烧了神符。有时是我二婶，有时是另一个妇女，在堂屋跳舞，身上一抖一抖的，像是抽筋，嘴里念念有词。再过一会儿，突然身上一抖，来的人就知道鬼魂已经附在了大仙身上。该问的话，该说的事，可以开始了。通常情况下，她们联合作法，现在回想起来，像是演小品。我看过几次我二婶她们作法，当时，我真是相信她们是神灵附体，她们的脸，语气，腔调，神情整个的全部变了。有时是粗哑的男人声，有时是细嫩的孩子的声音，总之，每次都不一样。作法一般不超过十五分钟，我二婶对人说，她法力有限，只能请鬼神出来这么长时间。再长，她会留在阴间回不来了。她说这话时，满身大汗，有时还会瘫软在马脚大仙的怀里。见到两位大仙如此用功用力，来人自然对她们的法力深信不疑。

走马镇的牛角大仙、马脚大仙的名声传遍了整个县城。每个礼拜都有人从别的乡镇来到走马镇。那时，走马镇的人经常被人问，你晓不晓得牛角大仙、马脚大仙住哪个屋？有时候，我二婶她们在外面干活儿，来人就耐心地在家里等。对我二婶的这些行为，我妈一直不屑一顾，觉得我二婶是装神弄鬼骗人，我妈信我奶。我二婶的名声一大，麻烦也来了。那时候，偷偷拜拜菩萨，没得哪个管你；像这样张扬的活动，镇上还是有人管的。我二婶不怕，她对人说，哪个屋里都有祖人，哪个做了坏事，想害我，我告诉你祖人。大概是因着这个原因，镇上的干部看到我二婶多是口头警告一下，你莫带头搞封建迷信，莫让警察把你抓到牢里去了。我二婶爱理不理地说，你屋里没得祖人？镇上的干部也懒得再说什么了。

我二婶的这些活动，我奶看在眼里，心里也不舒服，她懒得说，也不想说，儿子都大了，媳妇不归她管。私下里，我奶对我妈说，你莫信她那些东西。但是，我妈迷惑的是，如果说我二婶搞的是封建迷信，那我奶算什么呢？我奶假死醒过来后，让镇上的人在山上修了座小庙，庙里敬的也是菩萨。我妈问我奶，我奶说，庙里敬的是菩萨，跟她那个不一样的。我奶说的她，是我二婶。

大概过了一两年，我二婶和那个妇女闹翻了，据说是因为分东西分得不均，我二婶觉得她应该多得些东西，另一个妇女觉得神堂是在她屋里，她应该多分些。两个人闹翻后，我二婶不再说她是牛角大仙了，也不再作法，去庙里却去得更勤了。县城边上有座大庙，以前香火很盛的，后来停了些年，重建之后，香火还不是太盛。我二婶是庙里最早的一批居士，偶尔也吃吃斋。前几年回家，我还看到我二婶，身体还好，她的阳寿不短，看样子活到九十是不成问题的。

就在那些年，基督教进入了走马镇。

讲到这儿，我突然想起了另一个故事，那个故事是老余讲给我听的。我扭过头对老余说，老余，我记得你以前给我讲过一个故事的，你还记得不？老余说，哪个故事，我给你讲了那么多事情，你说哪个？我说，你那个朋友，写诗的，很有钱的那个。老余说，你说他啊，老周。我点点头说，嗯，是他，你把那个故事再讲给我们听听。老谭说，你先把你的故事讲完，讲完再听老余的。我说，让老余先讲，我都讲了大半夜了。再说，老余这个故事，跟我这个故事还有点关系。老谭看着老余。老余说，那我就再讲一次。

那会儿，我还在海城，有几个朋友，老周，丁武和老方。

老周老了，他很瘦，头顶上没几根毛，脸上刀刻一般地见不到肉，胡子也只有潦草的几根。老周是我们几个中最大的，到底有多大，我不知道。丁武和老方也不知道。我是怎么认识老周的，早就不记得了。据我目测，老周至少比我大二十岁，我跟他没什么共同语言。我们有什么好说的呢？他已经到了喝茶的年龄，我还喜欢唱歌。丁武稍稍比我大一点，老方介于丁武和老周之间。但我们都喜欢跟老周一起玩，他是南方人，喝酒却很有北方的风格。丁武、老方和我，都是所谓新海城人，但老周却在海城待了一辈子。

接下来，还是要说说海城。

海城是一个沿海的小城市，人口有两百多万。三十年前，海城还是一坨狗屎，谁他妈知道中国地图上还有这么个城市。后来不一样了，海城发达了，靠着新中国成立前逃难到东南亚、美洲、欧洲，甚至非洲的先人，海城成了著名的侨乡。改革开放后，靠开餐馆、卖苦力，或者做点小生意发财了的先人的后人们，带着一捆捆的美金回到了海城。他们投资办厂，把国外的生意做到了海城。短短十几年，海城变成了一个巨大的工厂，全国各地的年轻人带着梦想来到海城，他们以为他们可以挣到钱，讨个城里老婆。十几年后，这些人，死的死了，残的残了，大部分都回了老家，能留在海城的，那都是有本事的。现在在海城的，是他们的后辈，儿子、侄子、女儿什么的。总之，还是乡下的那群麻雀。

海城变了样子，到处可以看到灰褐色的厂房，多得像蝗虫一样黑压压飞过来的摩托车。老周说，以前的海城不是这样。他还小时，海城号称“水乡”，河涌密布。从海城去省城要一天一夜，现在，你坐大巴，只要一个半小时。坐轻轨的话，半个小时就够了。老周说，我都不认得海城了。

丁武大学毕业，第一站就在海城。在外企干了三年，丁武不干了。转年，他考上了公务员。老方开了一个小厂，做各种叫不出名堂的小玩具，也算在海城扎稳了脚跟。老方跟海城的三教九流都很熟，从市长到摆地摊的小贩，到处都是他的人。按说，我们这几个人，应该和老周没什么交集。但很奇怪，我们成了朋友，而且关系相当不错。几乎每个礼拜，我们都会找一天，一起聚聚。要是某个礼拜，我们因为什么原因没聚聚，下次聚，亲热得像八百年没见了。

每次聚会，都是老周埋单。刚开始，我们还礼貌性地表示一下埋单的意愿，但老周坚决地拒绝了，他一边把钱还给我们，一边说，我来，我来！说完，就掏钱夹子。如果我们还是不好意思，坚持要埋单，老周会瞪着眼说，你们不要跟我争，你们挣点钱不容易。我们会说，没事儿，没事儿，一次两次还掏得起。老周指着我们说，你们谁比我有钱？谁比我有钱谁埋单！我们就不争了，我们几个加起来也不够老周有钱。这事儿发生了几次，我们就习惯了。每次聚会，该埋单了，我们都靠在椅子上抽烟，一副与我无关的样子。要是有服务生走到我们身边，把单递给我们说，先生，一共消费了多少多少。我们会指着老周说，你找那位老板。我们不想埋单。我们为什么要埋单？我们想埋单还要被老周笑话，那我们为什么还要埋单？

老周到底有多少钱，我们也不知道。我们只看到老周手上巨大的玉石戒指，脖子上粗得像根狗链子的黄金项链，还有脚底下那双值不了二十块钱的拖鞋。我们都去过老周家里，确切地说是其中一个家。据说，老周有三幢还是四幢别墅，养了四条藏獒。我们去的那个，门口有游泳池，屋后有花园，一共三层，多少间房我们都没数。丁武、老方和我，心情复杂地跟着老周进了他家。我们先是喝红酒，然后喝洋酒，然后是啤酒，最终的结果是我们都醉了。

第二天，丁武打电话给我说，你知道老周有钱不？我说，知道。丁武说，你知道他那么有钱不？我说，那我不知道。丁武咬了咬牙说，操他妈的老周，狗日的太有钱了。我说，你怎么知道？丁武说，老子今天特意去了酒行，看了看我们昨天喝的红酒。我说，你太无聊了吧。丁武说，你猜，你狗日的猜猜，那酒多少钱一瓶儿？我说，猜不着。丁武说，两万，你知道吧？两万啦，操他妈的两万啊，拉菲啊！丁武说完，我也愣了一下，不会吧？丁武说，怎么不会？不信你自己去看。我们喝了几瓶？我想了想说，大概五六瓶吧！丁武牙咯嘣咯嘣响，我操，十二万，老子一年不吃不喝也就那么多钱。老子干一年，就值几瓶酒，就够老周吃个饭。我操，你说人活着还有个什么意思？我说，你别那么想，人跟人不一样。丁武急了，怎么不一样了？他老周比我聪明？比我有能力？我说，那也不是。丁武说，他不就是生了个好地方么？你说是不是？我说，你生不着怪谁？古话不是说了嘛，不怕生坏了命，只怕落坏了根。你就认了吧。挂了电话，没一会儿，老方的电话又来了，劈头就问，你知道我们昨天喝了多少钱吧？我笑了起来，丁武告诉你的吧？

从那次之后，我们吃老周吃得心安理得，他那么有钱，不吃他的吃谁的？我们和老周吃饭，拖着老周去他不爱去的KTV，去桑拿。只要老周在，海城没有我们不敢去的地方。几年下来，我们究竟花了老周多少钱，我们是不记得了，也懒得去想，想多了心里难受。

老周跟我们在一起当然也不是一点目的都没有。至少在我们看来，他也是有目的的。他喜欢谈理想，谈人生，还喜欢写诗。在他那个圈子里，没人和他谈这个，再说也不合适。而丁武、老方和我，非常凑巧，我们都写诗，喝了点酒，喜欢借酒撒疯，胡言乱语。在别人看来，我们几个是没出息的典型，但老周不这么看，他说，在这个时代，像你们这么纯粹的人少了。我们当然不纯粹，我们都喜欢钱，做梦都在想钱，只是我们不会赚钱，老天没给我们那个本事。我们写诗，只是想证明我们还有那么一点价值，或者说我们想用诗歌的虚荣来填补已经被这个社会折腾得伤痕累累的心。老周阅人无数，他不可能不明白这个。

老实说，老周的诗写得很烂，烂得让人看不过眼。他的诗歌都是分节的，而且分得异常工整，通篇都是口号，跟诗歌大跃进那会儿差不多。就这些烂诗，要换了别人，我们早开骂了。几乎每次聚会，老周都会从口袋里、包里变戏法似的掏出他的诗来，他说，你们给我看看，提提意见。老方、丁武还有我，一看见老周掏出诗来头皮就一阵阵地发麻，我和丁武都往老方那儿推，说，让老方看，老方是前辈。老方只得接过老周的诗，一行一行地看下去。看完之后，老方能说什么呢？他只能说，老周，写得不错，挺好，挺好，能写就好。但老周并不满足，他还会坚持要我和丁武看，大家都看完了，老方看看我，我看看丁武，我们都无话可说，但不能不说。每次，我们都得给老周找几个相对好点的句子出来，给他讲为什么好，然后说说其他的为什么不好。我们每次说的话都是类似的，老周听了不下一百次，还是很激动，一边点头一边说，太对了，太对了，说到点子上去了。但他的诗还是一点长进都没有，年纪大了，想要改变很难了。每次吃完饭，我们都发誓，下次一定不跟老周吃饭，就算吃饭也不跟他谈诗。在这个方面，我们多少有点优越感，你老周有钱又怎样，你诗写得不好，就是不好，你再有钱写得还是不好。可是，不到一个礼拜，我们就把我们的誓言给忘了，要么老周打电话给我们，要么我们打电话给老周，我们还是得花上半个小时谈谈老周的诗，然后，才是吃喝玩乐。

有次，老周约我们吃饭，很激动的样子。人一坐下，老周照例从包里拿出一张纸来，我和丁武给老方使了个眼色，老方瞪了我们一眼。就在这时，老周说，我给你们读一首诗吧。我们三个一下子愣住了。老周说，不是我写的，我读给你们听听。我们的身体一下子放松了，说，好，读诗好，读诗好。我们想，只要不是老周写的，他爱读就读去吧，总比看他那些烂诗强。老周喝了口水，很认真地说，那我开始读了。

从明天起，做一个幸福的人

老周读完一行，我们三个就笑了，一个个笑得东倒西歪的。

老周拿着纸的手低了下来，看着我们说，你们干吗？笑什么，笑什么？严肃点，我读诗呢。一听老周的话，我们笑得更厉害了。老周看了看老方，又看了看丁武，接着看了看我，好像我们是一群神经病。老方捂着肚子说，老周，别读了，《面朝大海，春暖花开》嘛。还读这个，俗了，俗了。哈哈，哈哈！老周不好意思地捏了一下鼻子说，我第一次读，才看到，蛮好的。我们说，是啊，是啊，蛮好。笑完了，老周看了看我们说，我还真想有一所房子，面朝大海，春暖花开。老方说，都想，谁不想？买不起，海边的房子多贵啊，没两万，你想都不要想。

酒和菜很快上来了。老周若有所思的样子，我们都懒得理他，难得他不拿诗歌骚扰我们，难得一个周末，我们想轻松一点，什么工作啊，应酬啊，都滚一边去。我们几个人喝了几瓶，老周还在那儿看《面朝大海，春暖花开》。老方看不过去了，跟老周碰了一下杯说，老周，先别看了，喝酒，喝酒！老周抬起头看着我们说，你说，我能不能买个房子，大海边上，每天一开窗就可以看见海浪？老方说，能，当然能，只要你有钱，春暖花开都没问题。老周想了想说，你说得也有道理。说完，笑了起来，我们喝酒吧。

接下来，我们把这事儿给忘了。一个礼拜，老周没给我们打电话；两个礼拜，老周还是没有给我们打电话。我们都觉得有点不正常，给老周打了电话。老周，干吗呢？好久不见了，出来聚聚！电话那头乱糟糟的，老周说，忙着呢，我忙着呢，有空联系！老方还不甘心，说，你忙个鸟啊，你一个大闲人，比我们还忙了？老周说，我买了个房子！挂了电话，老方吐了口痰恶狠狠地说，狗日的资本家，买房跟他妈买菜似的！

老周的钱怎么来的，我们听说过一点。五六十年代，那会儿，老周还小。海城还不叫海城，老周他们村是个小渔村，村里的孩子从小练习游泳，个个在水里跟鱼似的。老周他爹的水性是全村最好的，憋一口气，能游五十米远。他爹的好水性，直接决定了老周的未来。大概是个夜里，老周他爹跟他妈交代了一下，游到了香港。他爹一个人在香港熬了二十年，等他回来，老周三十多了，他爹也成了外商。看到老周，他爹的眼泪一下子下来了，他妈哭得死去活来。哭完了，天晴了，老周知道日子从此好过了。老周他爹在香港还有一个老婆，他爹说，这二十年，我对不起你们。老周他爹投资开了两个厂做电器，他爹说，我给你点钱，你去买地吧，这两个厂最后还是你的。老周听了他爹的话，买了地，搁在那儿。工厂开了，他爹带着老周干了几年说，你也上路了，厂子就交给你了。以后，你干得好，干得不好，我的心意也尽了。

按照老周的说法，开厂那些年，他过的简直不是人的日子，天天像条狗一样四处求人，给人赔笑脸，一个礼拜七天有四天是躺着回家的。老周说，那些年，我整天就惦记着钱了，除了钱，我眼里什么都没有了。老周的话让老方很不舒服，老方说，老周，你他妈别得了便宜还卖乖，要不我俩换换，我去受你那罪，你来过我这日子。老周说，你真不明白，我有时候挺羡慕你的。闲着没事儿，爱喝喝点儿，爱玩儿玩儿会儿。我那会儿真不行，整个人就不是你的。老方说，行了，行了，你挣到钱了，怎么说都行，我还是穷人一个，你说的我不爱听。

老周现在算是闲下来了，爱干点儿什么干点儿什么。平时，老周喝喝早茶，锻炼一下身体，写写诗，练一下书法，一天就过去了。我们不行，我们还得为生活而奔波，日子就像一条鞭子，狠狠地抽在我们身上，让我们不能后退。

等老周再打电话给我们，已经是一个半月后的事情了。认识老周那么多年，我们大概是第一次那么久没见。坐在桌子边上的老周更黑了，也瘦了，眼睛里却闪出光彩来。一坐下，老周就说，我买了个房子。我们懒洋洋地看着老周，说实在话，我们心里很不舒服。老周接着说，在海边，等盖好了，一推窗就能看到大海。酒带着嫉妒流进我们的心里，燃烧着我们。

我们说，老周，就因为面朝大海，春暖花开，你就买了个房子？

老周说，也不是。想了想说，不全是。你们知道吧，我一直有一个梦想，找一片森林，盖一个木房子，像外国人那样。下了雨，可以去屋后的树林里采蘑菇。

我们说，操，这日子谁不想啊？

老周说，其实你们都可以去做，很多时候是你放不下，你不愿意去做。

我们说，老周，你把生活说得太轻松了。你有钱了，你想干吗干吗，我们不行。

老周说，没什么不行的，要看你想做什么，你要什么。你们现在是吃不饱，还是穿不暖？你们谁资产没有一百万，你凭着良心举手给我看看？

我们都没举手，虽然我们三个整天叫穷，如果把房子什么的全算上，一百万应该问题不大。老周的话刺得我们心里有点儿疼。我们都笑了起来，老周，你把自己说得像个理想主义者似的，你是吗？你敢说你是吗？老周说，我没说我是理想主义者，我什么时候说了？丁武说，你敢说你的钱都是干净的？老周说，我没说。丁武说，操，骗谁呀？你还不是剥削工人阶级的血汗，你就是资本家，你知道吧？老周说，我他妈什么时候变资本家了？丁武说，你玩的这些都是资产阶级情调。当然了，你有钱，你可以这么干！谁他妈的不想舒舒服服地过日子，谁他妈愿意像狗一样讨生活？就他妈一个小科长，你知道吧，科长！跟他妈大爷似的，整天在那儿指手画脚，老子还得忍着，老子都成忍者神龟了！老周说，我知道，我怎么不知道，我就是这么过来的。我告诉你们，跟你们这些事儿比，我比你们难受多了。我不怕老实告诉你们，做生意那会儿，我连我喜欢的姑娘都送人了。你知道吧？你知道那感觉吧？啊，你知道吧！我操，我不知道，你以为钱都他妈白捡啊？

老周的脸涨红了，老周停不下来，他说，你知道我为什么不干了吧？我受不了，我难受。我太累了，我想停一会儿。老周一口气说了半个小时，从创业之艰难，一直说到商场之凶险。说完了，老周趴在桌子上哭了起来。老周一哭，我们都慌了，他那么大年纪的人了，还哭，让人受不了。我们拍着老周的肩膀说，老周，没事儿，都过去了，做生意嘛，人在江湖身不由己。别哭了，喝酒，来来来，我们喝酒。

喝酒那会儿，老方看了看我和丁武，都有些惊讶。在那之前，我们从来不知道老周那么多事儿，我们一直以为他过得挺好的，应该满足了。看来，并不是我们想的那样。我们是不是有义务让老周解脱出来？让他不要那么内疚？我们觉得非常必要。

我们跟老周说，老周，你如果真觉得内疚，想过一种属于灵魂的生活。那么，你干吗盖那么大的房子？你就应该盖一个小房子，周围种点野花什么的。每天早上起来看看日出，傍晚看看晚霞，有空读点书。要是还有钱，就做点善事儿。你都知道，盖茨说了，等他死了，他的钱全部捐给社会，一分钱也不留给子女。那才是真正的回报社会，才算是把手上的罪给洗干净了。老周说，照你们的意思，我得把房子给拆了？丁武赶紧说，盖了就别拆了，可惜了。老周转过头看着老方，老方敲着桌子说，要纯粹就得拆了，坚决拆！老周又看了我一眼，我连忙说，拆不拆都无所谓吧，有心就行了。老周半天没说话，过了一会儿，老周吐出三个字，我想想。

那天晚上，我们没去 KTV。送走老周，我踢了老方一脚，我说，老方，你也太狠了吧？人家都盖得七七八八了，你让人家把房子给拆了。老方说，这不是吹牛嘛，不是喝酒嘛，我就这么一说，你就这么一听不就完了，你还当真了，你还真以为老周要去当慈善家了？我说，反正我觉得挺不合适的，万一他真拆了怎么办？老方笑了起来，你以为他傻啊？他不过是想跟我们抒抒情罢了，显示一下他那资产阶级良心。丁武插了句，要是真拆了呢？老方说，我把他拆的砖瓦石灰吃下去！

接下来几个月，老周盖他的房子，我们几个该干吗干吗。那段日子，我们偶尔在一起，都挺想念老周的。我们都觉得，有老周还是比没有老周好。和我们在一起，老周多半时间笑眯眯地看着我们，听我们高谈阔论。没了老周，就像少了听众一样，我们的聚会也有些无趣了。

做生意的，开厂的，谁没干过几件缺德事儿？都干过，多少而已。老周开厂那会儿，当然也干过缺德事儿。跟现在那些黑老板比起来，老周算是善良之辈。他不过是坑过一些不谙世事的青年，让他们满怀希望进厂，干了三五个月，试用期完了再把他们扫地出门，任由他们露宿街头，或者走进收容所，跳江。他不过是玩过几个利欲熏心的姑娘，那些姑娘几乎都来自乡下，十八九岁的年龄，她们都以为老周睡了她们，总会给她们一个交代。即使不给她们一个交代，她们也能在工厂里欺负那些没和老周睡过的姑娘。老周真算不上干过坏事儿，他干过什么？他不逃税，每年安置残疾人，和官员们打成一片，海城曾经的十佳青年企业家，捐资助学先进个人，他积了大德了。

老周觉得他干了坏事儿，但在我们几个看来，老周不坏，就算坏，也还没坏透。这样的人，我们觉得是最苦的。一个尚有良心的人，干着不得不昧良心的活儿。丁武、老方和我，对老周说的那些一点兴趣都没有。都他妈出来混社会十几年了，谁没遇到点事儿，谁没一肚子苦水？我们不说，我们不说罢了。老周的话，经常引出我们不愉快的回忆来，我们不乐意听。老方让老周把房子给拆了，把钱给捐了，说白了，也是看不过眼。一个资产阶级分子，跟我们讨论良心，这太荒谬了。老方跟我打赌，老周绝对不会把建好的房子给拆了，他舍不得，钱再多，都是挣的。丁武说，也说不准，人年纪大了，谁知道他会干吗！

等老周回来，夏天已经快过去了，他要带我们去看他的房子。车子一直在开，大约开了一个小时。老方一路笑老周，他说，老周，你那别墅建得怎样？花了不少钱吧？老周说，别急，到了你就知道了，就不再闲扯了。我们很快到了海边，很快看到了老周的房子，他确实把原来快建好的房子给拆了。看了老周的房子，我们一点也不为拆掉的房子可惜，相反，我们都爱上了老周的新房子。那种房子，我们只在画册或者电视里看到过，通常是在欧洲的风景画或风光片里。你知道阿尔卑斯山吧？你喜欢瑞士山林里的那些房子吧？老周的房子差不多就是那样的，只是稍微大一点。但他的房子前面有一片海，海边的山林里他请人种上了漫山遍野的杜鹃，还有其他叫不出名字的野花。一看到老周的架势，我们大脑都有点缺氧，觉得钱这个东西实在太他妈好了。只要你有钱，你想要什么都可以造出来。

老周的客厅里挂着一幅字，费了老大的劲儿，我们认出来了——“我们走得太快，灵魂都跟不上了”。看完这幅字，老方看看丁武，丁武看看我，我们什么都不想说，没什么好说的。那是一个快乐的周末，我们在老周海边的小屋里喝酒，我们在海边唱歌。夜里下了一场雨，我们去了老周屋后的山林，采了一堆谁都不敢吃的蘑菇。老周的书房里放着《菜根谭》《庄子》等。这是一场完美的秀，我们都很满意。我们对老周说，尽管你不是一个优秀的诗人，但你过着诗人的生活。面对生活，你表现出了充分的想象力。现在，即使你再也写不出一行诗，你依然是一个伟大的诗人，你将你的诗写在了祖国的大地上，你是一个具有行动力的诗人。这看起来像不像给一个人写的悼词？反正老周说，等他死了，这些句子要刻在他的墓碑上。

从老周那儿回来，我和老方、丁武又聚过几次。我们一致认为生活是最伟大的艺术家，而我们只是其中扮演小丑的几个傻瓜。我们尽量不去想老周，那个混蛋，他提前过上了我们想要的生活。像丁武说的一样，凭什么？他比我们聪明，还是比我们有能力？

老周跟我们的联系慢慢少了，我们也不再给他打电话。老方，丁武和我，我们之间的联系也少了。一起吃喝玩乐了快十年，也该散了。天下没有不散的筵席，就这么散了，还能给大家留一个念想，挺好。

大概是三年或者五年，还是更长一点，我们都没有去计算。那几年，老方忙着他的厂子，丁武在公务员队伍里稳步上升，我还是老样子。前两年，我们一年还见上三五次，后来一年一次。再后来，就没联系了。我们有了新的朋友，新的圈子，过去的那些人慢慢消失了。再次把我们聚起来的是老周的儿子。那天早上，我们都接了一个陌生的电话。刚开始，我们都没有接，但那电话很顽固，一直在响，一次又一次。我接了电话，电话里是一个陌生的声音，他说，你是老余吗？我说，是，你是哪位？电话那边说，我是周乐，老周的儿子。我“哦”了一声说，有事吗？周乐说，是这样，我想你们去看看我爸。我想了想，老周，我还记得。我说，老周怎么了？周乐说，你去看看他吧，你住哪儿？我过来接你。

坐在车上，我看到了老方，还有丁武。周乐说，不好意思，你看，你们都这么忙，还麻烦你们，真不好意思。我们说，没事儿，老周怎么了？周乐说，一会儿也说不清楚。我爸快成神仙了，我有点担心。他这几年不用手机了，我看了看他手机，他最后几个电话是打给你们的，我想你们一定是他的朋友，我想请你们劝劝他。周乐这么一说，我们都有点心神不安了，我们说，老周到底怎么了？我们估计老周可能真的差不多了，悼词要派上用场了。

周乐一边开车，一边给我们讲老周。车开了一个多小时，我们大概明白了。老周住进了海边的房子，但很快他搬出来了。他说，他觉得那种生活太虚无了，而且假，他实在是活在一个虚假的梦境中，那才是真正的资产阶级作风。离开海边的房子，老周住进了山里，开荒种地，房子也是自己搭的。周乐说，我实在看不过眼，他住那儿，你让我面子往哪儿搁啊？邻居街坊还不得把我的脊梁骨给戳穿了？你说，一个老头儿，这么大年纪了，又不是没钱，你干吗呀这是？你说是吧？老方说，也没什么，他喜欢就行了，只要他过得开心，你也不要多想。周乐回头看了老方一眼说，刚开始我也那么想，他住山里面，我也没意见。我给他送米，送油，送衣服，他也接着，日子还能过。过了两年，他连我给他的东西都不要了，只吃自己种的。老方看了我一眼，我没吭声。我想象着老周在山里种地的样子。周乐说，我看他快不行了。老方说，老周到底怎么了？周乐说，他现在连地也不种了，吃树叶，喝泉水。丁武张大了嘴巴。

下了车，我们跟着周乐爬过了四座山，才找到老周。我们到的时候，老周正坐在屋子门口。那屋子真小，看起来像一个茅房。老周穿着裤子，光着膀子，他那裤子估计有一百年没洗过了。在他面前，放着一碗水，水倒是很清。看到我们，老周举起碗喝水。放下碗，老周说，你们来了。老方说，来看看你，看看你。老周说，我有什么好看的。老方说，老周，你这是何必呢？老周说，我觉得挺好的。老周那里一个凳子都没有，我们几个像树桩一样站在那里，我们好像有很多话要说，又似乎没什么好说的。站了一会儿，我们说，老周，算了，我们回去吧，想想以前，我们过得不是挺好的，别折腾了。老周说，你们不知道，你看到那云没？我们抬头看了一下天，云很白。老周说，浮云，但多自由。要是换在那几年，我们肯定开骂了，肯定得说老周酸得像个葡萄，但这次，我们都不敢说。我们站在老周边上，第一次觉得自己像个傻屄，彻头彻尾的傻屄。那天，我们站在老周身边，喝了几碗水。老周说，我这里没什么吃的，你们早点回去吧。我们不肯走，老周说，一会儿天要黑了，你们想回也回不去了。

天慢慢暗了下来，我们的肚子饿得咕咕响，老周悠闲地吃着手里的树叶和我们不知道名字的草和浆果。老周递给我们一把果子说，尝一下，味道不错的。我们拿在手上，看了半天，慢吞吞地放在嘴里咬了咬，又苦又涩。老周笑了笑，露出洁白的牙齿，以前，他的牙齿被烟熏得漆黑。我们继续劝老周回去，老周不理我们。天色越来越暗，再不走，真的出不了山了。我们几个狼狈地回到车上，周乐的脸黑得像块乌云。

老周死的那天，我们都去了。站在老周的遗像前，我们毕恭毕敬地鞠了三个躬。后来的事情，我们都知道了，老周到底还是没把他的万贯家财给捐了，他全部留给了他儿子，这让我们松了一口气。老周死后不久，我离开了海城。好些年没回去看了，也不知道海城成了什么样子。

老谭说，你想看看还不容易，坐个车，几个小时就到了。老余说，也不是这个意思，近是近，有时候越近，反而去得越少。你总觉得随时都可以去，也就不放在心上，这一拖多少年就过去了。等他们说完了，我说，其实我特别理解老周，人老了，越发发现生活其实无枝可依，越是无枝可依，越想找个东西依靠一下。老周写诗，盖房子，最后住到山里，他都是在找一种信仰，人有信仰了，心里也就踏实了。老余说，是这么个意思，那时候我们也年轻，还经常笑话老周，现在想起来，真是有些不好意思。我说，这也没什么，到什么年纪说什么话。我接着讲我奶奶的故事。

基督教是怎么进入走马镇的，现在回头去问，要追根溯源是不大可能了，那时候做什么事情都不规范，也没记载，都是道听途说。

走马镇是个小镇，在以前，没人信教，多半是拜菩萨，也有信佛的，吃斋。

我们老马家的另一个房头，有个爷爷辈的，我们都叫他立德爷。立德爷小时候被卖到外地，给人家做了儿子。等到长大，结了婚，媳妇好些年没有生养。买了立德爷的人家，心里自然不舒服。本来自己没儿子，买了个儿子回来，碰到媳妇又不能生养，这活生生断了人家的后。立德爷想跟媳妇离了，又离不成，那会儿，已经解放了，不是男人说把女人休了，写一纸休书，那事儿就算成了。立德爷想离，媳妇不同意，立德爷一说离婚的话，媳妇不是拿绳子上吊，就是拿刀抹脖子。搞过几次，立德爷怕了，他是买来的，本来在外地就没什么根基，要是搞出什么事来，媳妇娘家饶不了他。婚离不成，立德爷还是想要个孩子。那时候，生不了孩子，多是怪罪女人，男人是不想自己有什么问题的。古代不少冤案，也是这么造成的。立德爷媳妇也知道，没个孩子，她这个婚还是不保险，她看中医，拜菩萨，能想的办法都想了，肚子还是没能大起来。人到了四十，没得办法，抱养了个姑娘。立德爷疼姑娘，自己没孩子，抱了一个，虽说是个女孩子，还是宝贝得很。

有了姑娘，立德爷还是没安下心来。正巧，村里有个寡妇，男人死了几年了，寡妇生了三个儿子。立德爷经常帮寡妇挑个水，帮寡妇干点儿农活，一来二去，两个人好上了。怎么个好法，我们这些个后辈没人跟我们细说，其实也不用想，一个男人和一个女人好上了，十有八九是好到床上了。立德爷跟寡妇好，心里也有个想法，大概是觉得寡妇会生儿子，想跟寡妇生一个。那样的话，婚不用离，儿女也都有了。要是碰到一般的女人，自己不能生养，这样的事也就忍了。立德爷媳妇不一样，她见不得这种事情，跑到寡妇屋里闹，骂寡妇不要脸，偷人家男人，还跟寡妇打架。寡妇也不好招惹，骂立德爷媳妇，你自己不能生养，管不了你男人鸡巴，还有脸来骂我！寡妇的意思也很明白，我就要你男人了，你能把我怎的？立德爷人品好，寡妇没得男人，好不容易有这么个男人了，自然舍不得放手。

时间一长，立德爷媳妇也没得办法，心里急。她晓得，要是寡妇肚子真大了，真生了个儿子，她这个婚迟早是要离的。男人要是铁了心，她死了也没得人心疼。事情闹到后来，立德爷媳妇想了个办法，一个狠办法。立德爷是被卖过去的，立德爷媳妇找到当地政府，跟政府说，立德爷是新中国成立前被卖到他们那里的，他想回到走马镇去。当地政府一听说这事儿，也急了，都新社会了，还有被拐卖的，那不行，要让他回家。立德爷媳妇又去了走马镇，跟走马镇上的人说，立德爷想回来，你们老马家的，自己的人总不能不要吧？那时节，大家日子都过得紧巴巴的，但面子上的事情也不好不顾，你总不能说自己的人不要吧？那说出去不好听。走马镇的人只好同意立德爷回来。两边的工作都做好了，立德爷不想走也不成了。他不能说他不想认祖归宗，那个时候，乡下对这个看得重，哪个都不敢说连祖宗都不认了。再且，他跟寡妇在一起也有段日子了，寡妇的肚子也不见大，他有些怀疑是自己有问题，再耗下去，怕也不是个办法。还有就是，他在当地，确实也是有些受欺负的，过得并不愉快。这么一想，立德爷也就想通了，他回了走马镇。

回了走马镇，立德爷信了佛，吃上了斋。信佛过后没多久，立德爷媳妇肚子突然大了，转过年，给立德爷生了个儿子。立德爷媳妇脾气不好，见人恶声恶气的，品德倒是不用怀疑，她怀的不会是别个的孩子。有了儿子，立德爷心满意足，过去的事情也就忘了。立德爷相信，他之所以能生个儿子，那是因为他信了佛，心诚，把菩萨感动了。这么一想，立德爷信佛信得更诚了。又过了一年，立德爷媳妇给立德爷添了个女儿，这一来，立德爷是儿女都有了。加上抱养的，一共三个。抱养的姑娘有十几岁了，懂事了，晓得帮屋里做事。有了自己的孩子，立德爷媳妇看抱养的姑娘不顺眼了，动不动找碴打骂姑娘，姑娘也不吭声。立德爷看不过眼，说媳妇几句，媳妇拿话顶他，你护到她搞么事？想把她养大当小老婆不成？立德爷媳妇嘴臭，远近闻名，性格也泼辣，得理不饶人。立德爷是有前科的人，媳妇这么一说，他护着姑娘的气势就损了几分。姑娘受了委屈，立德爷也只能趁媳妇不在，安慰姑娘几句，别的事，他也做不了。他信佛，他想，姑娘在屋里受苦，还不如早点嫁了算了。

立德爷回到镇上，算是个陌生人，大家都晓得镇上有这么个人被卖到外地了，毕竟不是镇上长大的，看到立德爷，还是有些疏远。我奶奶和立德爷还时常有点交往，原因也简单，立德爷是读过书的人。他被卖到外地，人家屋里没男孩，把他当个宝贝，送他去读书。因为这个原因，立德爷看起来跟一般的乡下人有些不同，显文气，能写会算，在乡下算是个秀才。立德爷的儿子比我大些，大得不算多。我小时候，他经常给我讲故事，他说是他爹讲给他听的。等到我大了，读书了，学了古文，才晓得，他当年给我讲的是《卖油翁》《曹刿论战》《触龙说赵太后》等，我这才相信，立德爷确实是个读书人。

我奶奶也读过些书，跟立德爷比较说得来。立德爷信佛，我奶奶那时候还不信，其实，后来她也没信过。她问立德爷，你晓得基督教不？立德爷说，听说过，搞不清到底讲么事。我奶奶也说不清楚，那时她还是个姑娘，去过教堂，对基督教却是不懂的。立德爷对我奶奶说，你也念念经，拜拜菩萨，拜总比不拜好些。听了立德爷的话，我奶逢到初一十五也吃斋，她搞不清楚到底对不对，反正这么做了。有些事情，信则有，不信则无。

立德爷一直吃斋，人很瘦，头发一根根地直立着，看起来有些像鲁迅先生。饥荒那几年，人碰到能吃的东西，都往嘴巴里塞。走马镇边上有个湖，那个时候，湖里还产东西。比如说，蚌啊，螺啊之类的东西不少。在饥荒之前，走马镇的人是不吃这些的，莫说蚌啊、螺啊这些，螃蟹吃的人也少。饥荒开始了，有人捞蚌壳、螺蛳回屋里偷偷煮来吃。立德爷媳妇也在家里煮，立德爷饿，他还是不吃。他媳妇说，你不吃，饿死你算了。到后来，湖里的蚌壳、螺蛳都捞光了，连藕带、菱角都没得吃的了。立德爷一直吃斋，身体本来就不见得好，这一饿，人就不行了。眼看立德爷饿得要死了，他媳妇怕了，生怕立德爷真死了，屋里没个男人，那还是过不得。他媳妇也不知道从哪里搞到了两个鸡蛋，现在想来，搞这两个鸡蛋，她怕是各种办法都想尽了。立德爷媳妇把鸡蛋敲了，打了蛋花汤想喂给立德爷吃。开始，立德爷不肯吃。他媳妇给他跪下了，他媳妇说，你死了不要紧，你朝几个伢看。一想到几个伢，立德爷眼泪出来了，他一边吃鸡蛋，一边往下淌眼泪。这两个鸡蛋救了立德爷的命。过了好些年，说起这件事，立德爷心里还是过不得，他对人说，我到走马镇就开始吃斋，吃了这些年，有件事我心里不舒服。人问，有么事？立德爷说，四年三灾，我吃了两个鸡蛋，鸡蛋也是荤腥，我杀了生。人对立德爷说，你那个不能算荤，鸡蛋没得命的。立德爷说，鸡蛋么不能算荤呢？鸡蛋能孵小鸡，那都是命啊！人说，立德爷，鸡蛋没受精就没得命，还是不能算荤。立德爷长叹一声说，哪个晓得我吃的两个鸡蛋有没有受精啊！

一直到立德爷死，他还在为两个鸡蛋后悔。他说，他要是不吃那两个鸡蛋，他也不一定死得了，可他吃了。我奶奶对立德爷吃鸡蛋这个事情有些不理解，她不明白，立德爷眼看要死了，吃两个鸡蛋有什么呢？你要说鸡蛋是命，那人命也是命。我奶奶说，人命不比鸡蛋值钱？

立德爷的故事还没讲完。刚才讲到立德爷抱了一个姑娘，自己有一儿一女。儿子长大后，跟他姐夫学开汽车，就是立德爷抱养的姑娘的男人。抱养的姑娘，样子好，也成器，后来据说当了我们县的妇联主任。让立德爷的儿子跟他姐夫学开汽车是他姐的主意，那个时候，开汽车的人牛屄得不得了。立德爷儿子的姐夫屋里有钱，买了汽车跑运输，日子过得好得很。他儿子学了一两年，能自己出车。有天，他开车给县里送石头。到了地方，要下货，汽车斗翻了过来，还有些石头卡在车上下不来。他儿子拿了根棍子站在车厢后面戳，想把石头戳松动，好下货。他这一出手，石头“哗”的一声下来了，人没跑开，给压在石头底下了。送到医院，人就落气了。那年，立德爷的儿子还不到二十岁，没结婚。他还是绝了后。

儿子的死，给立德爷很大打击。想起这件事，立德爷说，我信佛得了这个儿子，又破了斋戒，菩萨看不过眼，又把他收回去了。他把儿子的死，归到了两个鸡蛋上。立德爷这种说法，我奶奶是不信的。她对立德爷说，你莫想多了，莫把么事情都往你头上揽，你那个畜生死的。是他命到了。在走马镇，对非命死的，一律称畜生死的。要是拿来骂人，那是狠话，有恨他不死的意思。立德爷的大女儿后来养了他媳妇一辈子，至于立德爷的女儿，说是嫁了人又跑了，跑到哪儿去了没人知道。

立德爷死后，我奶奶有些想不通，她觉得像立德爷那样的人是应该长寿的，可他死得早。他媳妇那样的泼妇，倒应该早点死了算了，她还活得长命。儿子死了，女儿跑了，靠着当年她打骂长大的女儿养着，她倒心安理得。她说，那是她欠我的，我儿子的命也是她搞丢的，这辈子她都赔不清。我奶奶说，这个女人到死也不得讲道理，你跟她讲不清道理。事实好像确实如此，听镇上的人说，立德爷媳妇临死前还对大女儿说，你欠我的债，到死都还不清。到死，她都没原谅大女儿。大女儿哭也没用，再怎么对她好也没用，她那颗心像是铁做的，怎么都融化不了。

扯得有点远了。一个晚上我都在给你们讲死人，还是回到刚才讲的话题上，基督教进了走马镇。

我奶奶去教堂是很偶然的事情。

有天，镇上有老太太拿了本书到我大伯家里，我奶奶是跟我大伯过的。那时，大伯在县城做生意，大婶还在走马镇。来人对我奶奶说，金奶，你帮我看下这是么书？我奶读过书，认得字，走马镇上的老太太多半都是文盲，就算认得字的，能把自己名字写清楚也就不错了。我奶奶接过书，看了一下封面，她愣了一下，黑色的封面上有两个字：圣经。我奶说，哪个给你的书？来人说，你不晓得，我信教了，是教堂的人给我的。看到《圣经》，我奶一下子想起好多事来，仿佛又听到了教堂里唱歌的声音。她又想起了她爹，当年，她也有一本《圣经》，是丹尼送给她的。她爹把《圣经》扔到了地上，还踩了几脚。她想起她爹说的，基督是外国的菩萨。她还记得她问过她爹，为什么中国人会去信外国的菩萨？她爹说，我也搞不清楚，反正好些人信外国的菩萨了。到了走马镇，我奶奶没再听到过基督教的消息，即使她回到江城，教堂里也没有人了。我奶摸着《圣经》对来人说，你也信外国的菩萨？来人说，基督是教人向善的，信了基督，死了能上天堂。我奶奶说，你们去教堂唱歌不？来人说，唱歌，有人领我们唱歌。我奶奶说，你下次去带我一起去。来人说，金奶，你去就好了，你认得字，有空还能讲给我们听。

过了几天，老太太对我奶奶说，她们准备去教堂做礼拜，问我奶奶去不去。我奶奶说，去。一路上，我奶奶想了很多，她想，教堂里应该有钢琴、手风琴，还应该有壁画。到了地方，我奶奶看到了一个平房，没有院子，也没有种花。走进屋里，里面摆着一个十字架，十字架两边摆了一些凳子。有些老头老太太坐在那里，见到我奶奶进来，有人跟我奶奶打招呼。我奶奶向四周望了望，她没看到钢琴、手风琴，没看到壁画，也没看到外国人，她以为牧师和传教士都应该是外国人，毕竟那是外国人的菩萨。我奶奶有些失望。坐在凳子上，有人开始讲《圣经》，讲完，他们还一起唱起了赞美诗。

从教堂回来，我奶奶想起江口的教堂。她想，既然走马镇都有基督教了，那么，江口的教堂应该也开了，也该有人了。她后来去过江口的教堂，里面有新的牧师，她还在教堂看到了丹尼的画像。再回到走马镇，我奶奶信了基督。走马镇的教堂虽然简陋，但毕竟是个教堂，她去教堂，回想起她的少女时代。那时，她听过钟楼的钟声，教堂里传来的歌声，甚至江面上汽笛的声音。

我奶奶信了基督教，还是照常去拜菩萨。初一十五她都去，碰到节气，偶尔也供一个猪头。等到年纪大了，拜完菩萨，我奶奶会在庙边上坐一会儿。从庙里，可以看到湖面，要是夏天，满湖的荷花，一片的绿色。湖面闪闪发光，远处还有山。我奶奶晓得，过了这个湖，就到了长江，沿着长江往上走，能去到江城。

去过几次教堂，我奶奶知道了，镇上的教堂是一个传教士建的，他同时还充当牧师的角色。那是一个慈祥的中年人，很温和，总是很耐心地回答老头老太太哪怕再无知的问题。无论他怎么讲，老头们都搞不清圣父、圣子和圣灵之间的关系。三个位格，一个本体，对他们来说太复杂了，他们没办法想象这三个人其实是同一个人。他们对传教士说，一个人么可能又是老子，又是儿子呢？就是孙悟空也不得这样变化，孙悟空有七十二变，也不得变成这个样子。传教士告诉他们，孙悟空跟他说的不是一回事。实在说不清楚，传教士说，你们记得，你们信上帝就好了。他带着他们祷告，唱赞美诗。有老头死了，葬礼还是传统的葬礼，请道士做法事。对这些情况，传教士也不说什么，他不能要求他们按基督教的教规进行葬礼，走马镇的人不同意。

我奶奶信了基督，传教士找过我奶奶几次，建议我奶奶受洗。我奶奶问传教士，受洗是什么意思？传教士说，受洗了，你就是真正的基督徒了，你犯下的罪就洗清了，就有了新的生命。听完传教士的话，我奶奶说，我没有罪，这辈子只有别个害我，我没害过别个。传教士说，人一来到世上，就是有罪的，世上没有无罪的人。我奶奶反问传教士，那你说，我有什么罪？你说给我听。传教士哭笑不得，还是耐心对我奶奶说，金奶，我的意思不是说你具体犯了什么罪，人总会有做错的事，这个错事，其实也是一种罪。我奶奶还是不依，她说，我没得罪，我么罪都没得，我这一生都是别个害我。说完了，我奶奶问传教士，我信了基督，基督会不会保佑我？他跟菩萨是不是一样的？传教士说，耶稣跟你们拜的菩萨不一样。你拜菩萨是偶像崇拜，我们基督教不崇拜偶像。我奶奶说，你说的我听不明白。

我奶奶不肯受洗，但她还是去教堂，她觉得她是信基督的。她常常祷告，主祷文背得滚瓜烂熟。像我奶奶这样的人，走马镇上很多，他们说信了基督，到了拜菩萨的日子，又都去拜菩萨。对我奶奶来说，不管是菩萨还是耶稣都是一样的。她只想求个心安理得。我奶奶心里想，我拜菩萨，又信了基督，又烧了香，又做了祷告。死了，不管去了哪里，都有人保护她。甚至她还想，她做了这些事，她淹死的儿子也能得到保护，不得做孤魂野鬼。

除了我奶奶，我二婶也信了基督。和我奶奶不一样，她受洗了，成了一个真正的教徒。我二婶信基督这件事，我奶奶很不满意。私下里，她对人说，我那个媳妇，以前说她是牛角大仙，她要真是牛角大仙，那她自己就是个仙，她还信耶稣搞么事？她是看到哪个好就跟到哪个，她么事都不信。我二婶在家里贴了个十字架，我奶奶看见了也很不满意，她对我二婶说，你贴这个东西，跟以前你当牛角大仙在屋里挂神符有么事区别？我二婶不跟我奶奶争，她脾气确实是好了。要是换在以前，那她是要跟我奶奶吵一架的。

年纪大了，奶奶经常想起她那个夭折的儿子来，也就是我小叔叔。奶奶对我大婶说，你们有个小叔子，你们不晓得，我没讲到你们听过，他到湖里淹死了，水草缠住了他的脚。奶奶经常梦到小叔叔，还听到小叔叔跟她说话，她说，小叔叔一个人在天上很寂寞，没得哪个陪他，爷娘老子都不在，没得哪个管他。奶奶坚信小叔叔是上了天堂的。镇上的人说，到湖里淹死的都成了水鬼，我小叔叔离岸那么近，还被水草缠了脚，那是湖里的水鬼把他的脚拉住了，他跑不脱。成了水鬼，不拉一个人进去，是超不了生的，更不要说转世投胎。这个说法，我奶奶不信，她总觉得我小叔叔没做过坏事，水鬼不得拖他的脚。她后半生信佛，还信了基督，就算小叔叔有什么错，也该免了。

这个时候，马天庄老得厉害，身体也不好了。我们兄弟姐妹都把马天庄叫“爷爷”，其实，我们都知道，马天庄不是我们的爷爷，马天人才是。以前每年清明节，父亲带着我们上坟，我们看着马天人的坟，问，爹，这是哪个？父亲说，那是你爷爷。我们都觉得奇怪，爷爷明明还活在世上，怎么地下还埋了一个呢？等到长大了，父亲才告诉我们，马天庄不是我们亲爷爷，我们亲爷爷死得早，奶奶改嫁给马天庄了，所以，马天庄也成了我们爷爷。再大一些，我们才知道，父亲说的不是真话，奶奶改嫁那年，爷爷还没有死。父亲很少提起爷爷，至于原因，是不难猜到的。从小到大，爷爷没有照顾过父亲兄弟几个，有的只是打骂，他们从未喜欢过爷爷。至于奶奶，他们也说不清楚对奶奶的感情，对马天庄，更是说不清楚。这是一笔糊涂账，没人愿意去翻，翻出来，哪个心里都不舒服。

马天庄死那年，我们都记事了。记得他躺在堂屋里，枕着瓦片，父亲和两个伯伯跪在地上烧落气钱。一家人都在哭，奶奶坐在旁边的板凳上，脸色有些苦，没见到奶奶掉眼泪。等我长大了，母亲告诉我，马天庄临死前跟奶奶说了几句话，算是遗愿。他对奶奶说，等我死了，碑石上不要刻三个伢的名字，硬是要刻就说是侄儿，不能落儿子的款。他说的三个伢是我两个伯伯和我父亲。奶奶不同意，说，三个伢都是你养大的，把你叫爹，不能不刻上去。马天庄说，这次你听我的，不能刻。他们三个是马天人的儿，要刻只能刻到马天人的碑石上去。你要是要刻，把小伢的名字刻到，我死了，是要去找他的。马天庄说的小伢是我小叔叔，淹死的那个。奶奶同意了。马天庄又说，还有，你的名字也不要刻到我的碑石上。奶奶生气了，说，马天庄，哪个不能刻我不管，我为么事不能刻？马天庄看着我奶奶说，金芝，你的名字刻到马天人碑石上了，再刻到我的碑石上，等你死了，阎王爷要把你劈两半，分给两个男人。你一辈子吃苦，死了不能再吃苦了。奶奶说，那我不管，我把马天人碑石上的名字磨了，我死要跟你死到一块儿。马天庄说，金芝，你莫不听话，这次你要答应我。说完，看着我奶奶，好像我奶奶不答应，他死也闭不上眼一样。我奶奶哭着答应了马天庄，他这才把眼睛闭上了。想起这个我叫了几十年的爷爷，我心里难受得很，他来到世上好像就是为了给我爷爷卖命的，到头来，什么都没捞到。

给马天庄刻碑石，奶奶对刻碑石的先生说，先生，麻烦你把我几个伢名字刻上去，落侄儿的款。刻碑石的先生看了看我奶，没说什么。我奶奶又说，先生，麻烦你把我的名字刻上去。刻碑石的先生说，那是自然，你的肯定是要刻上去的。我奶奶说，我是他的妻。现在回到走马镇，到祖坟山上，还可以看到我爷爷和马天庄的碑石，“妻”那个字后头，都是“金芝”。我爷爷的碑石上，“儿”后面是我父亲他们的名字。马天庄的碑石上，我父亲他们的名分是“侄”，“儿”那个位置，是我没见过面的小叔叔的名字。

送走了马天庄，我奶奶觉得她一生的事都做完了。平时在家里，做做家务，多半时间，她读佛经，也读《圣经》，去拜菩萨，也去教堂。对她来说，这两个没什么区别，只要死了能上天堂，信哪个都行。

临死前那年，我奶奶又回了一趟江城。这次，她在江城住了半个月。她跟两个弟弟说，我的寿怕是到了，想屋里，想回来住段日子。她两个弟弟对奶奶说，姐，你想住多长时间住多长时间，屋里又不是没得地方给你住。那个时候，他们的条件好了。人都是这样，条件好了，讲感情要容易些。自己的日子过不下去，人情自然显得淡薄了。奶奶两个弟弟的孩子在江城都买了房子，借的是我大伯的钱。那会儿，我大伯已经成了县上有名的富翁。我大伯有钱了，说话做事底气自然更足了。奶奶对他说，不管你有钱没钱，人放老实些，莫做坏事，有钱多帮帮别个，莫搞些歪门邪道的事情。我奶奶还记得胡光头的事。我大伯出来做生意的第一笔本钱应该算是胡光头打下的，因为这个，我大伯越有钱，我奶越是不放心，总觉得用了胡光头的钱，怕是得不到好报应。

在弟弟家住了几天，奶奶对两个弟弟说，我想去次教堂，江口那个教堂，你们晓得的。两个弟弟找了车，把奶奶送到了教堂。那天是星期天，教堂里有人在做礼拜，做完礼拜，还唱赞美诗。奶奶坐在教堂的院子里，她看着教堂，阳光柔和地照在教堂上面，梧桐树的叶子都是新鲜的，春末夏初，叶子带着鹅黄。有风吹过来，还有浅淡的绒毛随风吹落。奶奶的心里安定下来，她伸手握住胸前的十字架，像是那个十字架能给她力量。好多年前，有人送了她一个十字架，后来，她还给了人家。她胸口的这个十字架是走马镇的传教士送的，传教士对她说，金奶，愿主保佑你。奶奶把十字架戴在脖子上，敬菩萨时也不取下来，她觉得，上帝爱他的子民，他是不会介意的。

做礼拜的人都走了，教堂的牧师走过来，看着我奶奶说，金奶，你老来了。他认得我奶奶，这个古怪的老太太。我奶奶每次回江城，都会去教堂。牧师看着我奶奶说，我带你进去看看。我奶奶站了起来，对送她的两个侄儿说，你们先回去，下午再来接我，我跟牧师有话要说。进了教堂，我奶奶在丹尼的画像面前站住，指着画像对牧师说，我认识丹尼，我认识他那年，还不到二十岁。那时，我在江口卖布，我爹开了个布店。奶奶说，出了教堂，过了钟楼，再往前，我家以前的铺面就在那里。牧师看着我奶奶，说，金奶，你的事我听说了一些。我奶奶笑了起来，说，你听说的算不得事，我讲给你听。奶奶给牧师讲了她少女时代的事情，好些年前的事了。说到丹尼，我奶奶说，我没想到丹尼会死得那么早。我这种命都活到现在，他做鬼都好多年了。牧师说，他上了天堂，去了上帝那里。奶奶说，我晓得他去了上帝那里，他那么好的人。说完，我奶奶对牧师说，我想跟丹尼一起照个相，你帮个忙。

奶奶带着照片回到了走马镇。我看到过那张照片，照片上的丹尼很年轻，有一张漂亮的脸。我奶奶满脸皱纹，她努力想让自已站直一些，但她的腰还是弯了。她穿着对襟的青色的褂子，头发梳得整整齐齐。奶奶是笑着的，那一刻，奶奶可能想了很多事，但她没有说。

奶奶临死前，把所有的事情都讲了，包括丹尼。她对走马镇的人说，我信基督，那是因为我信丹尼。虽说他没有救我，我还是信他。

奶奶死后，他两个弟弟再一次来了走马镇。那是我第一次看到他们，对我们来说，他们是陌生人。我看着我父亲和两个伯伯坐在院子里陪他们喝茶，有种非常奇怪的感觉，我在想，这两个人到底和我们有什么关系？

现在，奶奶躺在马天庄爷爷躺过的地方，头下也枕着瓦，这次，她是真的死了。跟她说的一样，阎王爷给了她二十年的寿，一年不多，一年不少，刚刚好。对奶奶这次的死，走马镇的人都不感到意外，因为奶奶说过，还有二十年的寿。同时，又感到非常意外，奶奶活过来之后，身体一直很好，他们以为奶奶起码可以活到一百岁的。

奶奶的两个弟弟坐在奶奶边上，看着奶奶，好像奶奶只是睡着了那样。他们都是好大年纪的人了，哭不出来了。看着奶奶，他们两个商量了一会儿，对我大伯说，我们有个请求，不晓得你们同不同意。我大伯说，舅爷，你说。其中一个想了想开口说，我们想剪我姐一撮头发带回去。我大伯有些意外，问，舅爷，你说么事？他又说了一遍。这次，我大伯听清楚了，他说，舅爷，这个我做不了主，我要问一下我两个弟弟。说完，又问了句，舅爷，你要我娘头发搞么事？这一问，把两个老人家眼泪给问出来了，他看着我大伯说，你娘不到二十离开爹娘到了走马镇，几十年没回去。我们年纪都大了，也是要死的人了。我爹娘临死前一直闭不上眼，说没看到我姐回来。我们想带我姐一撮头发回去，跟我爹娘埋到一块儿去。听两个舅爷说完，我大伯跟我二伯和我父亲商量了一下。商量完了，我大伯拿了把剪刀，在我奶奶耳朵边上剪了一小撮头发，小心翼翼地递给舅爷。舅爷连忙拿出手帕，包了起来，放到怀里。

我还记得奶奶下葬的那天，天气很好，阳光普照。树上的槐花一串一串的，湖里的荷叶也出了水，再过些日子，荷花该开了。奶奶一直不喜欢荷花，这是我们都知道的，她喜欢槐花。她死的这个季节，躲开了荷花，想来她应该是安慰的。

关于奶奶的死，我没有太多的悲伤。在我有限的年月里，我看到的奶奶过得平和而安静，和镇上的老人没有太大的不同。她的故事，我陆续听过一些。我一直想为她写一本小说，把她的一生写下来，让人知道，这世界上，有这样一个老人，她来过。如果有一天，我能写完这本小说，我想去奶奶的坟头，把这本小说烧给她，让她看看。我想，她可能会笑我，觉得我夸大了她一生悲惨的命运，而对她的幸福知之甚少。

第八个故事

无

我奶奶，她叫金芝，无疾而终，享年八十七岁。